今のことしか書かないで

大槻ケンヂ

ぴあ

まえがき

本を開いてくれてありがとう。大槻ケンヂ・オーケンです。本書は帯に「限りなくエッセイに近い幻想私小説」とありますが、あるいは「限りなく幻想私小説に近いエッセイ」であるのかもしれません。ぶっちゃけどっちでもいいです。どちらにしてもサクサク読めてクスッと笑える、でもどこか不可思議な、例のいつものオーケンの読みものです。面白く読んでいただけるかと思います。

本書はエンタメサイト『ぴあ』に連載されたものを集め、加筆、修正したものです。二〇二三年五月十日から二〇二四年六月五日まで隔週で公開になっていました。二〇二三年五月五日にコロナの緊急事態宣言が終了となり、街がにぎわいを取り戻していく時期に書かれた、ということです。連載の話をいただいたのはもう少し以前でした。「四〇〇字詰め原稿用紙で四枚くらいのライトエッセイ」を書きましょうということになっていたのですが、そういったテイストのものはこれまで死ぬほど書き倒してきたので「飽きたな。変化をつけよう。そこにもうちょっとエッセンスを加えてみようかな」「何を加えよう？・」そうだ、僕はエッセイを書くと必ず話を広げて盛るから「ならいっそその広げて盛る妄想や空想の部分を今回はバッ！　とさらに増やしてむしろ核としてしまおう」と思い立ち、幻想の赴くままに日々のことを書いていったらば、気が付けば限りなくエッセイまたは幻想私小説に近い謎面白い読みもの、になっていて、自分でも「こんなの書けたかっ」と驚いてしまいました。著者も仰天の一冊です。

本書にはさまざまな固有名詞その他、もしかしたら読者に馴染みのないワードがいくつか出てくるかと思いますが、ネットの時代ですので、各自検索にてお調べください。ひとつだけ情報を。本書に登場する町子……七曲町子という少女は、僕が昔に書いた『ロッキン・ホース・バレリーナ』という長編小説のヒロインです。僕の他の小説や歌の詞の中にも登場しています。僕と町子とさまざまな、リアルとフェイクの入り混じる『今のことしか書かないで』をお楽しみいただけたらと思っています。そして皆さんで考察などしてみて下さい。

今のことしか書かないで　目次

目次

第一回

おーんざまゆげじょーとー

パパ活、というものをしたことがない。パパ活というのが具体的にどのような行為を指すのかよくわからないのだが、聞くところによると、若い娘とご飯に行ってご馳走をしたらもうアウトであるらしい。

飯どころか一緒に散歩をするだけでも、それに金銭が発生したらダメなのだそうだ。僕は特に若い娘と散歩やご飯をしたいとも思わないので、まぁいいんだけど、もし、仮に若い娘と散歩やご飯に行くことになったなら、どう段取ればいいのだろう？　などと時々ふと夢想することがあるので、あるいは本当は若い娘と散歩やご飯に行きたいのかもしれない。夢とうつつは入り混じるのかもしれない。

「散歩って、ご飯って、どこ行く？」

若い娘の希望などもうまるでわからないから、そう、いっそこちらから尋ねるのではないか。

「う〜んそうね、今日は髪を切りに行くから、そのあとトリキに連れてってほしいかな」

「トリ？　トリアッテ？　あ〜イタメシ的な」

「違う。ト・リ・キ。『鳥貴族』」

「『鳥貴族』でいいのか？　え？　奢るんだぞ」

「『鳥貴族』が食べたいの。トリキの〝もも貴族焼〟が人生で一番おいしい。で、塩！」

たれ味も嫌いじゃないけど「やっぱ塩」と宣言した若い娘と六本木の寄席坂の隣の名もない急

な坂を登っていくのだ。そして、右手に墓地を見ながら彼女に弱音を吐くのだろう。

「この坂はキツいな。ライブを思い出す。〝今夜あと何曲力をふりしぼるのだろう〟と時々弱気になる。すぐそこに、坂のてっぺんが見えているのにな。短く見えても坂は長い」

「そう？　こんな坂全然楽だよ。おじさん、パパ？　違うか、アナタをなんて呼んだらいい？」

「……うん？　あ、オ、オーケン、かな」

「何それ？　もしかしてそれアダ名？　ウケる」

「名前が大槻……い、いや、あ、そう大江健三郎っていうんだ。略して、オーケン。変だが、おじさんと呼ばれるよりはマシだよなって」

「ふーんデリケートだ。オーケンさんは何歳？」

「あと三年で還暦だよ」

「え、何歴？　西暦？　韓流？　何？　いいけど、何してる人？」

「仕事？　ん〜……音楽関係かな。あと文章も書いている。今度ネットで新連載を始めることになってね。今ネタを探している。身の回りのことだ。若い頃にこんなバカ話があったとか、こんなものが好きだったとか、こんな場へ旅をしたとか、書くんじゃないかな、それと……」

「今のことしか書かないで」

「え」

「今のことしか書かないで。大人はすぐ昔の話をする。昔はよかったとか大変だったとか。知らんから。私ら今のことしか知らんし、大人にも今のことってあるんでしょ？　知らんけど。でも今のことだったら、同じ時代のことだから、ちょっとは私も共感できるかもしれない。だから、今のことだけ書いてよね」

「そ、そうか、そうだな。それは大切かもしれないな。これまで信じられないくらいたくさんのエッセイを書いてきたけど、どうしても昔のことを書いてしまう。昔のことは、思い出は、時が経つと完結して、あらかたもうひとつの物語になっている。だから文字に起すのはそれほど難しいことではない。それで、多作になると、ついついそのサルベージ作業に頼ってしまう。でも、そうだな、あともう三年で六十歳だ、還暦だ。ここから、今から、新しいエッセイや小説の書き方にトライしてみても面白いかもしれないな。課題だな。自分への。大人には誰でも課題があった方がいいのかもしれないな。じゃあこうしよう。新連載は二週間に一本だから、その二週間の内にあったことだけを書く……。君にとって二週間は〝今〟の範囲内か？」

「染めたパツキンのテッペンから黒い髪が生えてプリンみたく頭が二色になり始めるのがだいたい三週間目だから、二週間は〝今〟のうちでいいと思うよ」

「そうか。何を言っているのかちょっと大江健三郎にはよくわからないけど、ありがとう。そうする」

……というわけで、この連載においては、ここ二週間内に起こった個人的なトピックのみを拾い上げて書いていこうと思うのだ。大きな事件のある二週間もあれば、取り立ててなにも起きない二週間もあるだろう。でもそれが我が日々だ。仕方がない。

例えばここ二週間で言えば、齢八九歳の我が母が家で転んで足を痛めたため、入院した。見舞いに行くととても元気だった。ただ僕の帰り際に言ったのだ。

「またおいでね、慎一」

シンイチ、それは数年前に死んだ僕の兄の名だ。名前を兄と間違えている。

「いや、お母さん、慎一じゃなくて賢……」

「シンイチじゃなくてケンザブローでしょ。オーケンさんはオーエケンザブロー」

「あ？　そうそう。そうだった。まぁ母ちゃんも歳だからもう間違えたっていいんだけどね。還暦に近いとトピックもそんな話になってくる。そんな話でもいいのかなぁ」

「今のことしか書かないで。あとお母さんのお見舞い、また行ってあげてね」

と言って、若い娘はスタスタと勢いよく坂を登り切り、坂の上のトリキのあるビルの横でこちらを振り返り

「あ、還暦って六十歳ってことか。おじーちゃんが昔よく言ってた。〝還暦上等！〟って、まだまだだって、おじーちゃんまだまだこれからだって。その後すぐ死んじゃったけど」

と言った。

そして「還暦上等？　オーエケンザブローさんは？」と聞いた。

まだ坂の途中にいた僕が「どうかなぁ」と首をひねると、彼女は「今日、前髪切り過ぎちゃったんだよね。それが今日の私のトピック。でも、おーんざまゆげじょーとー」と、何か呪文のような言葉を唱えるように言った。息を切らし、ようやく坂の上にたどり着いた時。あ、そうか「オン・ザ・眉毛上等」と若い娘は言ったのだな、と僕はやっと気が付いた。

第二回

50を過ぎたらバンドはアイドル

ここ二週間の僕のトピックをあげるなら、『50を過ぎたらバンドはアイドル』という筋肉少女帯の新曲が完成した。

「50を過ぎたら……」本当にその通りだと思っている。存在の非日常性、不条理感、幻想度……ウソっぽさ、すべてにおいて五十歳を超えたロックはアイドル的だ。

だって、そうでしょう。本来なら若者のために作られた音楽ジャンルを、がっつり初老になってまだやり続けているのだ。〝ヤング〟という基本概念と光の速さで乖離していくのは当然のことだ。社会への反発、大人への抵抗、そんなメッセージを五十過ぎて叫ぶ者があるなら前者はメンドーなネット民だし後者はヘンなおじさんだ。

「大人は信じられない」と憤っている輩が憤る矛先より二十も三十も歳上なのだ。何よりいい歳をしてライブとかやっているのがおかしいよ、ということだ。エレキギターをギュンギュン鳴らしたりドラムをドコドコ叩いたり「やかましい。君たちは学生さんか!?」って話だ。

人によっては五七歳になってさえ顔にヒビを入れて特攻服を着て「日本を印度にしてしまえっ」などと叫んでいる。それアラ還のやることか？　自分のことだが。

だからもういっそアイドルだと思うことだ。

年月を経て若い頃の怒りや主張は「かつてそう感じていたこと」というメモリーとなり、肥大したエゴの可視化のために着用していたステージ衣装は「ま、おじさんが私服で出てくるよりかはわかりやすいでしょうから」との、仕事のための制服サービスへと化していく。となれば、本質よりもそれは形を見せる作業ということになる。

リスナーにロックという昔日のイズムを一時的に提供する、いわば幻想配給人の務めということになる。幻想、ファンタジー、夢をお客様に与える偶像として我々はステージに立つ。五十を過ぎたらバンドはアイドルなのだ。ファンタジーなんです。

とはいえアイドルといっても多種多様であろう。

ドームツアーを瞬殺するスーパーアイドルもあらば、チェキをこまめに撮りためて一枚一枚売る地下系アイドルもいる。僕はここ数年チェキをライブのグッズで売っている。今「ええっ」と驚いた読者もあろうが事実なのである。チェキバンバン売っている。五七歳のチェキって売れるのか？　それが、買ってくださるのだ。アイドルだから。

僕も最初、Ｖ系界隈のバンドマンが最近はチェキを売っていると聞いて「なんだそれ？」と笑った。「ロックじゃないなぁ」と感じたからだ。だがふと「もし自分の好きな英米のバンドマン、例えばキング・クリムゾンがチェキをライブで売っていたら買うだろうか？」と想像したのだ。「……買う」買う、そりゃ買う並んででも買う。ロバート・フリップのチェキ絶対欲しい。ロバフリ・チェキ。「そうか、ロックも結局アイドルなんだな」推し、なんだなと考え直し、自分も撮り始めたのだ。

ところがこれは結構難しい作業なのであった。まず数多く撮影するのがたやすいことではないのだ。チェキはフィルム一ケースで十枚撮影できるのだが、ガシャフンと撮った後にフィルムがウイ~ンと出てくるのを待ってからでないと二枚目が撮影できない。だからやたら時間がかかるのだ。

リハとライブの間などにスタッフ（大概おじさん）に撮ってもらうものの、とにかく時間を喰うので、チェキもう一台増やしてスタッフ二名（おじさんとおじさん）体制で右のカメラに「ニコッ」左のカメラに「ニヤッ」とかやるようになったもののそれでも時間がかかってしまい、開演時間が押して「五分押しにしま~す」「何待ちだ!?」「チェキ待ちです」などという不測の事態まで発生し、ついにカメラもう一台増やして三台目。これは僕自身が持つことになった。

右のカメラに「ニコッ」左のカメラに「ニヤッ」そして自分の持ったカメラを頭上に掲げて「ウフッ」と笑って一枚撮るという三段方式である。これを楽屋でやっていると対バンのミュージシャンによく笑われるのだ。

「オーケンそれ何？　ロックじゃないね~」

「ね、君、デイヴィッド・カヴァデール、好きだよね？　デヴィカヴァがチェキ売ってたら買ったでしょ」

「デヴィカヴァ・チェキ!?　それは買った」

「あとね、チェキで今日の駐車場代浮くよ」

「……え？　えっ。そうなの」

この「駐車場代が浮く」は殺し文句である。これを言うとどれだけ鼻で笑っていたミュージシャンもハッと覚醒した表情になって、皆チェキを……生々しいのでこれくらいにしておきましょう。

とにかくスタッフ二名（おじ×二）と僕（おじ）の自撮りの三段方式で楽屋で「ホイッ、ホホイッ！ホホホイッ」とか撮影しているおじさんアイドルの現場なわけであるが、たまにそれをしていいのかやめといた方がいいのか判断に困る現場もある。

少女アイドルグループと共演するイベントやフェスだ。

さすがに、現役ドルの前でおじドルがチェキ撮ってんのもいかがなものかと思うわけだ。大概自粛するのだが、ある時、誰も見ていないだろうと思って例の「ホイッ、ホホイッ！　ホホホイッ」を始めたら不意に楽屋に入って来た二十歳にも達していないだろうお嬢さんに見られてしまい、アレはまったく恥ずかしかった。ゴシックロリータなアイドル衣装を着た金髪の彼女は「見ちゃったゴメンね」という表情で「続けてください」ハハ、と小さく笑って出て行った。でもきっと勉強もできるいい子なのだろう。我々の三段方式を見て、去り際こうつぶやいたのだ。

「長篠の戦いみたいですね」

あ、織田軍の鉄砲三弾撃ち。なるほど、確かに。あの長篠の戦いの三段方式は実際には行われなかったのではないか、との近年の歴史研究もあるのだそうだが、我が軍の場合はここ二週間内のライブでリアルにそれを行っているのだ。ファンタジックなのだ。

第三回

覚醒観音様妄想

二週間前に『うたの日コンサート』ツアーのファイナルがあった。僕とＲＯＬＬＹさんとで十三年もやっているアコースティックライブだ。今年はダイアモンド✡ユカイさんと石川浩司さんをゲストに各地を巡った。石川さんはランニングシャツで「着いたー」と叫ぶ元・たまのメンバーだ。もちろん各地愉快なライブになったのだが、ある土地の会場でちょっとしたハプニングがあった。

その日のライブは開演から指笛をピーッと鳴らすお客さんがいて「さすがコロナ禍明け、盛り上がってるね」などと最初は思っていたのだけど、どうにもその指笛のお客さんがライブ中も声を上げるなどして騒がしい。まぁ、そういう方はたまにいるのでちょっと困ったなぁ、という感じで様子を見ていたのだが、この日のそのお客さん、中年の男性の方が意表を突いたのは、僕、ＲＯＬＬＹさん、石川さんが揃ってセッションを始めた宴もたけなわのそのタイミングで、急にバッと席から立ち上がって、そのままサーッと客席から退場してそのまま二度と帰ってこなかったことだ。

「あれ、今お客さんひとり帰られましたな」

演奏が終わるやＲＯＬＬＹさんが言った。いかにも彼らしいとぼけた味わいのつぶやきだ。すると客席から女性の声が返ってきた。

「うちのダンナです」

「ダンナさんどうしました？」石川さんがニコニコと聞いた。

「お酒を飲み過ぎちゃったみたいです」と女性が少しすまなそうに言った。

「楽しくなっちゃったんですかね」と僕が言った。

「きっとそうです」

そんな広い会場ではなかったので、女性の声はよく通った……。

それでステージと客席とで、ふいに帰ってしまったダンナさんについてのトークが始まったのだ。

「うちのダンナ、今日すごく楽しみにして、皆さんの動画なんかも見て勉強もしてたんです」

「あっ、でも飲み過ぎちゃって」とＲＯＬＬＹさん、

「でもなんで帰っちゃったんでしょうね」と石川さん、

「さぁ」と奥様、

「具合悪くなっちゃったんですかね」と言いかけて、僕はハッとあることを思いついた。で、言った。

「覚醒したんじゃないですか？」

ダンナさんが表現者としての自分の使命に覚醒したのではないか、と僕は言ったのだ。

大槻、ＲＯＬＬＹ、石川浩司のパフォーマンスを観ていて、最初は客として楽しんで観ていた

が、そのうちにハッと「ただ楽しんでいるだけでいいのか俺よ!? 自分もこういうことをするべきじゃないのか? やるならいつだ? 今でしょ。よーし、やってやるぞ俺、やってやるぞー」

思いつき、覚醒し、立ち上がり、退場した。

「だから今きっとダンナさんは、会場出たとこのお寺の観音様のとこで、ギター弾いて歌っているんですよ」

「それはないと思います」

アッサリと奥様にオーケンの『ダンナ表現者覚醒ａｔ観音様説』は否定されてしまった。

おそらくただの飲み過ぎによる酔っ払い退場だったのだろうけど、たかがライブが人の一生を大きく左右する可能性を、演者は常に夢見ているのは確かなことだ。

それこそ、観ていたお客さんに「観ている場合じゃない。自分も始めなきゃ」と表現者として覚醒させるようなパフォーマンスができたなら本望だし、それくらいのドラマが発生するライブ・ミラクルを僕はいつも期待している。

……僕自身、ライブ・ミラクルを夢見ているからこそ今までこれだけたくさんのライブをやってきたのだろうし、もしかしたらそのミラクルはお客さんに対してとは限らないのではないか。

自分自身の〝覚醒〟であってもよいのかもしれないと思う。

「ああっ、そうか、そうだったんだ……」

とこの先、僕がライブの真っ最中に、ふと何かに〝気づく〟瞬間があるのかもわからない。覚醒のときだ。ライブ・ミラクルだ。ないとは限らない。でも表現者としてはすでに覚醒しているのだ。ならば、一体何に、気がつくというのだろう？

「ああ、そうだ。それは、君だ！　あなたに気づくのだ」

例えばライブの最中に、客席の中に電撃的に運命の人（なんと昭和の響きであろう）を見出すというミラクルはどうであろう？　どうであろう？　と問われても「知らんがな」と即答することしかできかねる「お前アラ還で何バカ言ってる」的なドリーム妄想ではあるけれど、わからんよ。どんなことだって起こらないとは言い切れないロマンチストで生きてきたのだ。だからこの歳になっても歌っている。ライブなんかやっている。ライブの真っ最中、宴もたけなわですがのタイミングに、ハッ！　あっ!?と、不意に客席の例えば後ろの方の隅の側に、運命の人を見つけ、アラ還ドリーマーはついに愛に覚醒するのだ。

「ここで歌っていていいのか俺よ!?　今そこに、愛すべき人をついに見つけたのだぞ。ならば自分も人並みのことをするべきではないのか。一生俺は舞台の上の人間で終わるのか？　一度きりしかない人生を、なぜあの人のそばに立って生きてみようと思わないのか。やるべきではないのか？　やるならいつだ？　今でしょ！　よーし、やってやるぞ俺、やってやるぞー」

思いつき覚醒し、バッ、と立ち上がり（弾き語りだから座っていた）そしてサーッと、退場するのだ。

「あれ、今大槻さん帰られましたな」

ROLLYさんが言って、ライブハウスが不穏な笑いに包まれた時、きっと僕はひとり観音様のとこにきている。

運命の人との邂逅という覚醒、などというのは大概ひとりよがりな思いつきに過ぎないというのが常識なわけで、勢いで舞台から降りたものの、「さすがにそれで声かけることもできんな〜、それ単なる頭おかしいおじさんのトチ狂ったメーワク行為だし」と我に返り、とりあえず〝運命の人〟の横を通り過ぎてライブハウスを出てしまい、そこからホテホテ歩いて観音様まで来たら、あのダンナさんに会うのだと思う。

鳩に囲まれてギター弾きながら井上陽水の『夢の中へ』を歌っていたダンナさんに缶ビールを勧められる。糖質オフのやつだ。プリン体もカットだろう。そしてダンナさんはこう言うのだ。

「大槻さん、覚醒なんかしちゃダメです。〝もしかしたら覚醒するんじゃないか〟とどれくらいワクワクさせられるか。その瀬戸際を楽しむのがライブってもんです。日常の中の非日常の演出です。最中はどんなに非日常であっても、終わったら秒で日常に返ってくる。それがライブです。それがアナタの役割ね。仕事だ。さぁ、だから、今すぐライブハウスに戻りなさい。覚醒の夢をまた皆に見せ続けるのです。私も酔いが覚め、そしてこの覚醒の夢が覚めたら、ギターを置いてヨメのところに戻ります。ちょっと飲み過ぎただけです。そうしてお互いまたライブで覚醒の夢を見て、せめてこの退屈な人生を楽しみましょう。運命の人のところには、実は照明は当たってなんていませんよ。薄闇が広がっているばかりなんです。でしょ？　知っていたんでしょう？　ね、帰るんだ、お前は、ステージに、早く。では、気をつけて。でも恐れずに」

そしてダンナさんは、それが送り出しの合図でもあるのか、ピーッ、とひとつ指笛を鳴らすのだ。鳩が一斉に飛び立って空へと散らばっていく。きっと会場では石川さんが「着いたー」と叫んでいる。

第四回

おサル音頭

海が見える横浜のハコで、発声ＯＫのライブを約三年ぶりに行った。

筋肉少女帯も他のバンド同様に、コロナ禍においてはコール＆レスポンスが約三年間も禁じられていたのだ。舞台上からのコールはできるが、客席からのレスポンスが届かない。「イエーッ」と叫べどもウンともスンとも返ってこない。どころか、昭和の歌謡ショーでもあるかのように、ざ〜、ざざ〜と波の音のような拍手のみが打ち寄せてくるのだ。長い年月「イエー！」には「イエー！」で返していただいていた身に、これがどれほどのショックであったことか。

僕はコロナ禍突入一発目のライブで「イエー！」「ざ〜、ざざ〜」の〝コール＆さざなみ現象〟にガク然となり、己の積み上げてきたライブスタイルを根底から否定されたかの気分に陥り、まさに波打ちぎわの孤独な散歩者といった感じとなってひどく落ち込んだ。ふがいなさに思わず「今夜のライブ、正直すまんかった」とライブ直後にメンバーに謝ったほどだ。

それから三年。コロナは五類に引き下がった。数多のライブでお客さんの発声がＯＫとなった。我が筋肉少女帯も、三月後半（二〇二三年）の横浜でのライブからコール＆レスポンスが可能ということになった。ようやくだ。とても長かった。

でも僕は単純に「やった。時は来た」とも喜べなかったのだ。

それは来たる横浜のライブが「『ＵＦＯと恋人』再現ライブ」という内容だったからだ。

『ＵＦＯと恋人』とは、一九九三年に筋肉少女帯の制作したアルバムだ。このアルバムが発売から三十年を迎えたということで、発売三十年記念ライブを開催することになったのだが、問題はこの一曲目が『音頭』であるということだ。

正確には『おサル音頭』というタイトルの音頭だ。

三味線と和太鼓から始まる正統派の音頭で、尺もしっかり三分強ある。ラウドロックバンドのアルバムの一曲目になんで音頭なんか入れたのか、と問われるならば、若かったのだ。あの頃。僕はトガッていたのだ。俺らともかく奇をてらってリスナーの意表を突いてやりたかったのだ。そして、まさか三十年後の未来に、発声ＯＫのライブの一曲目にそいつを歌うことになるなんて夢にも思っていなかったから、ラウドロックバンドのアルバムの一曲目に『おサル音頭』を持ってきてしまったのだ。若気の至りである。

「約三年ぶりのコール＆レスポンスの一発目が、よりにもよって〝アレ〟になるのか……」

と、『ＵＦＯと恋人』再現ライブとコロナ五類引き下げが同時期になりそうだと知った時、僕はとても複雑な気持ちになった。

そして当日、エマーソン・レイク＆パーマーの荘厳な名曲『聖地エルサレム』がライブオープニングからＳＥとして鳴り響いた直後、一転してどんどんどんがらがったと和太鼓が鳴り、ちゃんちゃんちゃんちゃかちゃんと三味の音が響いて『おサル音頭』は始まった。

特攻服を着込み、顔にヒビを入れた僕は、ひとりっきりでツツーとステージに歩み出た。メンバーは曲の途中からしか登場しない。『おサル音頭』は、和楽器を使用する特殊な楽曲形態によって、カラオケによる歌唱なのだ。いくら再現ライブだからといって、曲順通りの進行だからといって、よりにもよって、約三年ぶりの発声ＯＫのライブ～それは恋人同士ならキスやハグをついに認められたに等しい～が、どんがらがったのちゃんちゃかちゃんのカラオケ独唱であるとは、一体、ロックの神様はどんな仕打ちを我にお与えになったのであろうか。

「オレなんか悪いことしたか」半ばキレながら、僕は『おサル音頭』を歌い始めた。

「おサルとお風呂に入りたい～♨」心のトラウマほぐしたい～といい塩梅で歌う歌詞だ。歌詞によれば、風呂で一緒になった猿がお盆にお酒をついでくれるのだという。なんだその牧歌的な非ロック風景は。のっけから和んじゃうじゃねぇか。作詞者は僕自身だが。そしてサビでは、このエテ公の鳴き声が復唱されるのだ。

「あ、モキモキモキーッ」

猿は「モキーッ」とか言わないと素朴に思うんだけれども、三十年前のトガっていた輩がそう表現しているのだからそう再現しなければならない。

僕は釈然としないまま「あ、モキモキモキーッ」と叫んだ。すると、このコールに満員のお客様たちが、一斉に声を合わせてレスポンスしてくださったのだ。

「あ、モキモキモキー!!」と。

その瞬間、僕は大いに感動してしまった。

猿の体、での「あ、モキモキモキー」という、ラウドロックバンドの現場にはまったくふさわしくもないモンキー・コール&レスポンスであるというのにも関わらずだ。だって疫病の時代を乗り越えて、共に、耐え、闘い、しかしお互いを信じ合い、また集い、コールした。そしてレスポンスは返された。ついに同じ空間と時間を、我々は再び共有することができたのだ。

「そうだ、それだけでもう十分素晴らしいことじゃないか。言葉なんてモキモキでももういいよ。あっ……でも、な、なんてこったい」

でも、なんてこったい……。言葉なんてなんだっていい。だが、それにしても、それにしたって、だ。次の言葉がまたこうだったんである。

「あ、ウッキウッキーウッキー」

猿はまた「ウッキウッキ」とか言わないと素朴に思うし、当時まだタモリさんが『笑っていいとも』やってて、お昼休みはウキウキウォッチング歌ってた時代だったんだな〜そこらの影響なんだろうな〜、とか思うわけなんだが。

それにしても久しぶりのコール&レスポンス。その一発目がモキモキで二発目がウキウキであるなどとは。つくづく業の深い我がロック人生である。

それでもやはり、お客さまは声を限りに返してくださった。

「あ、ウッキウッキウッキー」

と、再び、感動した。僕はモーレッツに感動してしまった。そうだ、もうイエーでもモキモキでもウキウキでもなんでもいいではないか。なんでもいいんだよ。声を限りに叫び、それに返し、空間と時間を共有し、互いに、いいことがあるに違いない未来へと向かおうという姿勢、それこそがライブにおけるコール&レスポンスの本質であるならば、むしろ、猿になってのそれは、原点への回帰なのである。猿にまで戻って原始的な衝動をそのままに叫び合い、求め合い、これから、コロナ禍を抜けた新しい世界線へと、共に進化を遂げようという、このモキモキ・ウキウキ・コール&レスポンスこそが、そのスタートとなるのだ。

「なるほど猿からの未来への進化ということか、そうか、それはつまり、アレだ……」

と、その時、僕は客席にひとりの長髪の若者を見い出す。

端正な顔立ちの彼氏は、年の頃は二七歳くらいか。奇妙なことに顔の半分に縦にヒビ割れの入ったその青年は、テレパシーなのか僕の脳に直接語りかけてきたのであった。

「そう、猿からの未来への進化、つまりアレです。A Space Odyssey『二〇〇一年宇宙の旅』ですよ。スタンリー・キューブリック監督のね。今から三十年前、僕は三十年後の来たるべき未来を見越して、この詞を書いたのです。ほら、三十年も経つとアレでしょう。疲れてきて、歳とって、世の中もいろいろあって、バンドをやる気も何をやる気もなくなってしまって正直つらいんでしょう？　ね、だからさ、僕、未来の自分……つまりアナタがまたやる気になれるよう、猿になって、生物の原点に戻って、そこからまたリセットして新しい世界線へともう一度進化できるような歌詞を書いておいてあげたんですよう。うふふ。よかった。功を奏したようだね。そう、この歌を歌って、映画『二〇〇一年宇宙の旅』で、猿がモノリスと骨によって人への進化を遂げるように、ホラ、あんたも……僕自身だけど……ここからまた、もう少しがんばってみたらいいよう。ほら、歌って、みんなで、モキモキはモノリス、ウキウキは骨。うふふ、うふふふふ」

会場はもはやモキモキウキウキの大合唱となり、もみ手をしながらメンバーたちも登場し、本格的に筋肉少女帯のライブが始まって、もう、顔にヒビを入れた青年の姿はどこにも見えない。

若き日の、三十年前の自分にトラップを仕掛けられたのかはわからない。わからないが、たしかにモキモキはモノリス。ウキウキは骨。そうやってグレート・リセットはなされ、僕はまた、そして新たなコール＆レスポンスの感動の宇宙へと旅立って行こう。

第五回

一瞬の長い夢

ロックミュージシャンの日常が案外つつましやかだなどということは、今時もう皆うっすら気付いていることと思う。たまにメディアでセレブを気取ってみせている方もいるけれど、アレは頑張って意地を張っているのだ。お仕事でやっているだけなのだ。多分そうだ。そうなんじゃないのか？　違うのかな？　どうなの……不安になってきたが、筋肉少女帯メジャーデビュー三十五周年ライブの会場に出かける前、僕は、はなまるうどんで温玉ぶっかけ（小）を食べた。かき揚げを添えて。

近くのテーブルに髪を金色に染めたゴスロリファッションの若い女の子がいて、あらかた食べ終えたうどんの器を横に、机につっぷして横向いて大口を開けて寝ていた。鼻筋の通ったきれいな子だ。くー、かー、と小さな寝息さえ立てていた。一体どんな色の何の夢を見ているのだろう。「ムニャムニャ」と言った。

記念のライブはLINE CUBE SHIBUYAで行われた。旧渋谷公会堂だ。一九八八年に二二歳でメジャーデビューして、三十五年経ってこんな立派なところでお祝いができるなんて、一言で言って夢のようだ。いや本当に「夢なのかもしれない」と思う。

僕は音楽を学んだ経験がほぼない。譜面も読めない。そもそも歌が苦手だ。ただ自分という存在を何らかの形で表現してみたいという一心で少年の時代に、ネットのなかった頃だから、人前に出るために便宜的にバンドを組んだのだ。なんとなくベースを持った。でもまったく弾けなくて、バンドをクビになりかけた。「オーケン、君、声なら出るだろ」かわいそうに思ったバンド友達がそう言ってくれて、僕は楽器を弾けなくてもできる唯一のパートとして、ボーカリストになった。

歌い方なんてわからないから、ともかく「ギャー」とか「キェー」だの叫んで、歌も歌えないのに舞台に上がっている申し訳なさからか、顔をポスターカラーとうどん粉で白く塗り、白衣や半裸で「アキョー」と絶叫しながら客席へ突っ込んだり、正露丸をまいたり（注：絶対にマネしないでください！）、模造刀を振り回したりしていたら「あの大槻ってのは歌はアレだがとにかく会場をかき回す。人を呼ぶ」と思ってくれたのだろう、スゴ腕のミュージシャンが周りに集まってきた。で、いろいろあってメジャーデビューして、気付いたら一瞬で三十五年も経って約二千人のお客様の前にいたのだ。

だからやっぱり夢なんだと思う。

こんなミラクルのようなストーリーは、ちょっとあり得ない。

これは、きっと誰かの見ている夢なのだ。

ドラえもんの幻の最終回みたいなやつだ。どこかで誰かが、ひょんなことから歌手になってしまった男の夢を眠りの中で見ていて、その彼だか彼女だかがフッと目覚めた時、僕の、歌うたいとしての人生はパッと泡がはじけるようにまた一瞬にして消えてなくなるのだ。

この夢を見ているのは一体誰だろう？

はなまるうどんの金色の髪の女の子かもしれないし、どこかで人工呼吸器を当てながら寝たきりの植物状態の少年なのかもわからない。

あるいは、今これを読んでいる読者のアナタかもしれない。

アナタだ。

あんただ！

君だ、君、今スマホか本でこれ読んでる？　ちゃんと読んでる？　起きてる？

本当は寝ているんじゃない？　いっつも眠くない？　眠いでしょ。寝てるんだよ、本当は。

君は今本当は眠っていて、夢を見ている。そして音楽がわからないのに歌手になってしまった男の三十五年の夢をウトウトと見ているんだ。その夢は何色？　どんな色？　どんな色でも、もうじき君はフッと目覚める。目覚めて「あ、寝ちゃった、こんなとこで」と思ってはなまるうどんのテーブルでガバッと起きると、白髪のやせた男がとなりのテーブルで温玉ぶっかけ（小）を食べているんだよ。

そしてその男は、もう歌手ではないのだ。君の夢から出てしまったからね。

「……あるいは、この会場の中のお客さんの誰かの夢なのかもしれないなぁ」

などと思いながらLINE CUBE SHIBUYAで僕は歌った。「三十五年、夢のようだった」とMCでも言った。一瞬の夢だった。でも体はボロボロになってるから、確かに時は経ったんだな～

「もうみんなも体ボロボロだろ？」

とMCでメンバーに振ると、ベースの内田君が「いやまだ立ったまま靴下がはけるよ」と返した。

これにはメンバー全員、ロックのライブの最中だということを忘れて驚愕した。アラ還の御同輩ならわかってもらえると思う。六十近くなって、まだ立ったまま靴下がはけるというのはとてつもなくスゴいことだ。奇跡だ。それがもう一番に夢のようなことだ。メンバー一同「スゲェ～」と驚いて、それがこの日の筋肉少女帯ステージ上最大の一体感であったようにも思うのだ。いや、三十五年でマックスの一体感だったかも。

……って何の話だっけ。アッそうだ、夢だ。夢と、そして現実の問題だ。

夢のようなデビュー三十五周年コンサートを終えて数日後、またはなまるうどんを食べてから、足の骨を折って入院している母の見舞いに病院へ行った。

ロックミュージシャンの日常が他のお仕事の人々とさして変わることがない面が多いということは、今時もう皆言われなくともわかっていることと思う。どこも一緒で、ちゃんとやっている息子とそうでない息子がいて僕は、壊滅的に後者なのである。

六月で九十歳になった母の面倒は、そのほとんどを亡くなった兄の奥さんがやってくれていて、僕は何もしていない。時々面会に行っても病室がよくわからず、いつも迷って院内をグルグルしてしまう。

「大槻さん、お母さんこの部屋ですよ」

例によって迷っていた僕を看護師さんが手招きしてくれた。

大部屋に入ると水色のカーテンがあって、その中で母は大口を開けて寝ていた。「意外に鼻筋が通っていたんだなぁ」などと思っていると、「ムニャムニャ」と言ってからフッと目覚めた母が「ああ？　ああ、慎一……ああ、賢二かい」と言った。

「ああ、来たのかい。賢二、元気かい？　仕事はあるのかい？」

「うん……こないだ渋谷で筋肉少女帯のデビュー三十五周年の記念ライブをやってきたよ」

「ああ……アンタ、本を書きなよ。バンドは疲れるからダメだよ。本なら、おじいさんになっても書けるから、バンドやめて本に専念するといいよう」

「そうだねぇ」

「あっはっは」

「うん。あ、誕生日の、欲しがってた上からザックリ着るうわっぱり、持ってきたよ」

「あ？　そんなこと言ったかい」

「これ。はい、おめでとう」

渡すとＫｅｉｏの紙袋の中から、ザックリ着るうわっぱりが一枚出てきた。

「ありがとうね。あぁ、よく寝てたよ」

「起こしたかな」

「いいよ、夢を見ていたよ。長い夢だよ」

「夢？」

「賢二が出てきたよ。アンタだよ。アンタの夢を見ていたんだよ」

そう言って母はうわっぱりを広げた。白と黒の入り混じった服だった。

母が「あら、でも意外と地味な色だね」と笑った。

第六回

私はバンギャになりたい

入院している母の九十歳の誕生日プレゼントに、白と黒のうわっぱりをあげたら「意外に地味な色だね」と言って笑った。でも気に入ったようで「退院したら家で着るよ」とベッドの脇にちょこんと座ってうわっぱりをなでていた。

僕はロックを生業としているけれど、その日常が他の一般的なお仕事の方々とさして変わらない面が多いことにたまに茫然とする。母の年齢的に、退院後に自宅ではなく、介護施設的なところに入ってもらう可能性もあり、その事を告げる役どころは、父も兄はもう死んでいるから、次男の僕になるのだ。今まで何度も大規模会場で何千人の前で「もう一回、行ってみるかぁ」なんて平気で話しかけてきたけれど、病院の大部屋の隅でたったひとりに「あ……お母さん、実は……」と声をかけることがこんなにもためらわれる。

……挫・人間の下川リヲ君の誕生日には青い革ジャンをプレゼントした。七月二日に僕のバンド特撮と、挫・人間のツーマンライブが、渋谷のクアトロであった。その日は下川君のお誕生日だというのだ。「えっ、じゃその日なんかあげるよ。欲しいもんない？」と新宿のレッドクロスというライブハウスで彼に会った時に尋ねたら、意外な答えが返ってきた。

「いやそんな。じゃ、なんか大槻さんのお下がりをください」

下川君は僕より二五歳下だ。子供の頃に筋肉少女帯や特撮を聴いて育ったのだという。だから

「お下がりをください」なんてフレーズが出るのだろう。リスペクトしてくれているのだ。長いことやってきたせいか、最近は僕ごときをリスペクトしてくれているらしい若い世代に会うことがたまにある。ありがたいけど面映ゆい。

近頃一番に面映ゆかったのは、プロントで原稿を書いていたら、若い男性がスマホ片手に近づいて来た時のことだ。彼はおもむろに僕の面前で自分のスマホの画面をサーッとスクロールしてみせた。僕の著作の電子書籍一覧が、上下だったか左右だったか次々と流れていった。

「大槻さん、ファンです。本、全部読んでます」とスマホ片手に彼が言う。

「あ、ありがと」

面映ゆく礼を言うと、若い彼氏は言ったのだ。

「大槻さん、あなたは、あなたは現代のソクラテスです」

ソソソクラテスかプラトンか、ニニニニーチェかサルトルか、とその昔、CMで野坂昭如先生が歌っていたことなんて若い彼氏は知らないだろうなぁと思いつつ、僕は自分史上もしかしたら最強の評価であろう〝ソクラテス呼ばわり〟に、ほとんど茫然としたものである。茫然にはいろいろな種類があるものだ。

果たして、ソクラテスが現代に転生したとして、原稿をリーズナブルな喫茶店のプロントで書くものであろうか？　しかもＷｅｂムー連載の〝女宇宙人とＨしたブラジル人青年〟についてのコラムをだ。それはないだろう。でも面映ゆいけどリスペクトに感謝である。これは挫・人間とのライブでも言ったが、アラ還になってつくづく思うのは「五十を過ぎたら若い世代にどれだけかわいがってもらえるかで老後が決まる」ということである。

それは例の〝どんな生業でも日常はさして変わらない〟の法則に従って、バンドマンもやっぱりそうなんである。

そしてツーマンの日、ヘヴィメタル専門誌『ＢＵＲＲＮ！』からいただいたバッグに青いライダースを詰めて、渋谷クラブクアトロのステージ上でライブ中に下川君に「お誕生日おめでとう」と革ジャンを渡すと、彼はその場で着てくれた。とても喜んでくれた。

二五歳下の下川君がやっている挫・人間のお客さんはやっぱり若い。中にはもしかしたら学生さんだったりするのかなぁ、くらいの若い女子もいた。

その子たちが挫・人間の曲に合わせて揃って手を振ったり、メンバーの一挙一動に相槌を打ったり、逆にこそこそとバンドにつっこみを入れたりしている様子を楽屋のモニターで観ていた。とても、かわいらしい。そして心の底から「いいなぁ」と僕は思った。

……いきなりのカミングアウトになるのだが、僕には奇妙なところがあって、それは、〝バンギャに憧れている〟というところだ。

ずっと前から、今でも「ああ、バンギャになりたいなぁ」と強く心に思うことがある。

なんだろう？　なんでだろう？　ソクラテスだからだろうか？

それは違うと思うが、僕より世代が下のV系バンドと対バンした時や、渋谷や新宿のライブハウスの前を通りかかった時に、ブアッとあふれんばかりに集まってワチャワチャ〜っと、中にはぽつねんとひとりの子も含むバンギャちゃんたちの群れを見ていると「ああ、いいなぁ。若くて、真剣で、前しか見てなくて、ちょっとそれ痛いんじゃないかなぁくらいのオシャレをしていて、今だけに夢中になっている。夢の中にいるのだ。素敵だなぁ、もう一度人生があったら、あるいは転生ができるなら……私はバンギャになりたい」

と、シミジミ思う。

おそらく今ドン引いている読者も少なくないと容易にわかるけれども、現代のソクラテスなんだから許してほしい。きっとこれは哲学なのだ。「いや、単にそれは〝癖（へき）〟ってやつでしょ。オーケンさん」という声も聞こえてきそうだ。哲学か癖か？　知りたくもないが、ソクラテス・オーケンさんは原稿の合間に、たまにボーッと転生バンギャ化な己を考えて宙を見つめていたりしている。やっぱ引きますか？

……ガラガラガラ！　っとキャリーケースを引きずって、推しの遠征を夜バスで全通するのだ。泊まりはネカフェとかギリでビジネスホテルのシングルにバンギャ友達ふたりでこっそり忍び込むのだ。複数買いしたツアーのグッズのTシャツをパジャマにして狭いベッドにドタン！バタン!!　と女子ふたりで転がり込む直前に、推しのバンドのライブ後半叩き込みタイム定番曲のサビのフレーズを全力で折りたたみしながら歌って「きゃはははははっ」と大笑いするのだ。

「おーんざまゆげじょーとー!!」

「きゃはははははっ」

「もう一回行ってみるかぁ」

「あんこーるもじょーとー」

「まだ本編残ってるだろがー」

「きゃはははははっ」

「それな」

「毎回言うよね」

「明日のライブもそのくだり絶対あるよね。ね、明日はどこの街だっけ？」

「わかんない。なんとかってとこ」

「わかんないよね。だってどこへ行ったって、どこも変わんないもんね」

「それな」

「どこも同じ。やることは同じ。」

「ね、せーのっ」

「おーんざまゆげじょーとー」

　きゃはははははっ、ドタン！　バタン!!　ダブルベッドになだれ込んで、身を寄せ合いパチンと電気を消して闇の中、古いビジネスホテルだから冷蔵庫の音がぶうううんと虫の飛ぶような音を立てているのを聞きながら、とろとろとまた夢の中へ静かに落ちていくのだ。

「……ね、もう寝た？」

「起きちょるよ」

「髪、染めたの落ちてきた。また染めなきゃ」

「ん」

「ライダースほしい。青いのがいい」

「ん」

「こないださ、はなまるうどんで寝落ちした。そんで起きたら横で白髪のおっさんがじっとこっち見てた」

「ん。それ癖だね。おっさん」

「ね。ね……、いつまでこういうふうにしていられるかな私たちって、たまにそう思わない？　考えちゃう」

「ん、それ哲学だね。ソクラテス、プラトン、ニーチェ、サルトル」

「サル……それは何？　バンド？　ライブハウスとか出てる？」

「なんでもない。いい、寝る。夢を見る。おやすみ」

「いい夢を見なね。おやすみね」


……しかし夢見る宣言をした娘はライブ疲れでぐっすりと眠り込み、夢を見たのは髪を染めた娘のほうであった。

彼女が夢の中で長いおっかけの旅から夜バスで家に帰ると、家におばあちゃんがいた。

「あ、おばあちゃん退院したんだね。よかったね。おかえり、ただいま」

バンギャの孫娘がそう言うと、おばあちゃんは居間にちょこんと座って、うわっぱりをなでていた。

第七回

極楽鳥

最高のロックンローラーであるＰＡＮＴＡさんが亡くなった。七三歳。闘病中とは聞いていたが、急な訃報を七夕の日の昼に知った。

その日は夕方から川口方面に車で出かける予定があった。車の中でずっとＰＡＮＴＡさんの歌を聴いた。どの曲も、最高だ。

ＰＡＮＴＡさんの歌を知ったのは、中学生の頃だったか。多分『兵藤ゆきのセイ！ヤング』かなんかから流れてきた頭脳警察の『ふざけるんじゃねぇよ』という曲を聴いて、僕は勉強部屋で深夜にひとり衝撃に打ち震えてしまった。～ふざけるんじゃねぇよ、動物じゃねぇんだぜ～と、パンクロックの出現より早くパンクな言葉を叫ぶＰＡＮＴＡというボーカリストの迫力に圧倒され、恐怖さえ覚えた。

深夜放送等の情報などによれば頭脳警察は学生運動の集会でもよく演奏し、反対セクトからステージに投げ入れられた火炎瓶を投げ返しながらライブを続けたという。

やっぱりコワい人なんだな。そう思ってレンタルレコード屋に頭脳警察のＬＰを借りに行くと、店番の長髪の兄ちゃんは学ラン姿の僕をチラリと見て、「君が聴くの？」と鼻で笑ったのだった。

「え、ど、どうもスミマセン」

訳もわからず謝ってしまったが、兄ちゃんは頭脳警察を辞めたＰＡＮＴＡが今やっているというＰＡＮＴＡ＆ＨＡＬのレコードを教えてくれた。

そんな感じで借りた『マラッカ』『1980X』どちらも大好きになって『マラッカ』『つれなのふりや』『極楽鳥』『ルイーズ』どれだけ聴いたかわからない。どの曲もPANTAがかっこよくて、ショッキングで極上のしびれるロックだった。そして大人の迫力に満ちていて、コワかった。

PANTAさんに初めてお会いしたのはいつだったか。初めて共演したのは東新宿にあった日清パワーステーションだったと思う。

楽屋で緊張しながら僕が「ルイーズが大好きです」と言うとPANTAさんはニコ〜ッと笑って「今日その曲やるよ。じゃ大槻出てこいよ」と、こともなげに言った。

「え」

「一緒に歌おうぜ」

それで出会って間もなくで、僕は畏怖すべき大先輩である彼と共演を果たしてしまったのだ。楽屋に戻ると、大先輩はニッコニコしながら「大槻、やったな」とサムズアップ。なんてかっこいい人なんだ。

PANTAさんに会ったことのある人なら全員言うと思う。彼は「この人ちょっと大丈夫かなぁ」と思うくらい、やさしくて気さくな人柄であった。

「大槻、前に仙台のイベントに出たろ。あの時にSHOW-YAも出てさ。そこに筋肉少女帯なんて言うから、俺てっきりＳＨＯＷ－ＹＡのことを筋肉少女帯だと思ってたんだよ」

なんてことをデビューしたての後輩の肩をポンポンと叩きながら、アッハッハとまず笑ってふわっと懐に包み込んでくれるのだ。〜ふざけるんじゃねぇよ〜からのこのギャップ萌えである。誰だって大好きになってしまう。そして親しくさせてもらうと、さらに「ちょっとこの人マジ大丈夫かぁ」との思いが強くなる。

ＰＡＮＴＡさんは車のマニアだ。ロータス・エランや、一時期はロールス・ロイスにも乗っていたのだけど、ある日「大槻、プロレス観に行こうぜ」と電話が来て、ＰＡＮＴＡさんがロールス・ロイスで僕の家まで迎えに来てくれた。

しかし会場へ行くと駐車場がいっぱいだった。

でかいロールス・ロイスが狭い道に入って駐車場を探すのは至難の業だった。どうしよう？雨まで降ってきた。すると運転席のＰＡＮＴＡさんが「大槻、待ってろ。探してきてやる」と叫ぶや、ダッと雨の中、出て行って走り回って駐車場を探し始めたのである。後輩は「え〜っ」と思いながら、車番をしているしかなかった。真っ白なロールス・ロイスの中で。

車、ミリタリー、歴史、ＰＡＮＴＡさんはとにかく博識であった。知らないことがない。天才でかつ勉強家なのだ。何せ僕に『新世紀エヴァンゲリオン』について一番詳しく解説してくれたのはＰＡＮＴＡさんだった。

練馬にあったビストロで夜、酒を飲まない彼はカフェオレの入ったマグカップを片手に、ありとあらゆることを教えてくれた。

「大槻、六八年と六九年で時代がまったく変わってしまったんだよ」

ただ学生運動に関しての話はその時代を生きていないので、ピンと来ないことが多かった。こちらがもっと勉強して、とにかく熱かったらしいその頃のお話をキチンとうかがえればよかったなと心残りである。

そしてもうひとつ僕にはＰＡＮＴＡさんの大好きなところがあった。それはＰＡＮＴＡさんが若いコが大好きなところだ。

いや全然けっしてまったくそれはいやらしい意味ではなくて、ＰＡＮＴＡさんはとにかく若いコに紳士的にやさしかったのだ。かわいいコを見るとニコニコニコ～と笑顔になった。その様子を見ているとこちらまでニコニコ朗らかな気持ちになってくるのだ。僕が若い女性のミュージシャンや誰かを「あ、ＰＡＮＴＡさん、こちら○○をやっている○○ちゃんといって……」と楽屋などで紹介すると、ＰＡＮＴＡさんは「お、おお。そうか、うんうん」と、言って僕を差し置いて○○ちゃんとニコニコ話しだすのだ。僕はその度に「ああ、先輩孝行ができたな」とちょっとほっこりするのだが、その次にＰＡＮＴＡさんが僕のライブに来てくださった時にはしっかり隣にその○○ちゃんがいたりする。

「大槻、このあと○○ちゃんとメシ行って送るんだけど、おまえも来る？」

え、はい？

「ＰＡＮＴＡさんは紳士で送ってくれてパパみたいにいい人」と、どの○○ちゃんも言うだろうか。信頼され、尊敬されていたのだ。

やさしくて気さくで博識で若いコが好き。僕は、中ではわりと「若いコが好き」の部分に親しみを持っていた。そしてＰＡＮＴＡさんも大槻はそういう視点で自分を面白がっている、と気づいておられたのだろう。最後の十年くらいは先輩の方からよくネタを振ってくださった。

例えば、『夏の魔物』というフェスでお会いした時、遠くからＰＡＮＴＡさんが「お〜い」と大きく手を振りながら走ってきたので、何を言うのかと思ったら
「お〜い大槻、アップアップガールズ（仮）と写真撮りたいから来てくれよ」だって。アップアップガールズ（仮）は、女子アイドルグループである。もちろんこちらも走って行きました。

ＰＡＮＴＡさんに最後に会った時もそうだった。去年、ＰＡＮＴＡさんのスタッフから「ＰＡＮＴＡが大槻さんに会いたがっている」と聞いて、所沢に会いに行った。

病が進行していることは知っていたし、わざわざ会いたいと人づてに言うのだ。よほどこれは容体が悪いのだろうと、人工呼吸器を付けたベッドの上のＰＡＮＴＡさんに会いに行くつも

りで覚悟を決めて所沢の駅前に着くと、ＰＡＮＴＡさんが自分で車を運転して迎えにきてくれたので驚いた。

ＰＡＮＴＡさんはイタリア料理店でフルコースをご馳走してくれた。車、ロック、映画、たくさんの話をうかがった。それでも話しが尽きなくて、喫茶店に場所を変えてまたたくさんの話をした。

「大槻、そして六九年、東大安田講堂事件が起こったわけだ。それによって世界は……」

学生運動についてはやはり勉強しておかなくてはな、ＰＡＮＴＡさんの話をもっともっと聞くためにはな、と僕は思った。昼に会って、夕方まで語り合った。思い出の所沢デートである。帰りもＰＡＮＴＡさんは車で所沢駅まで送ってくださった。そしてＰＡＮＴＡさんは車を降りた僕に最後にこう言ったのだ。

「大槻、またかわいいコ、紹介してくれよな」

ニヤッと笑ってＰＡＮＴＡさんは去っていった。

僕はその時、もしかしたらＰＡＮＴＡさんと会うのはこれが最後かもしれないと初めて意識した。

あれだけ頭のいい、気遣いをなさる、そして言葉を操るロックミュージシャンなのだ。もしかしたらこれがラストになるかもしれないシチュエーションで、去り際の言葉を選ばないわけがない。別れの決め台詞を考えないはずはない。そしてそこにあるだけのユーモアを込めて、別れゆく相手に個別に、さびしくならないよう、ジャストチョイスをしないわけはない。

「あ、ＰＡＮＴＡさん……」

僕はしばし所沢の駅前で固まり、いやでも、こんなにお元気なんだものと自分に言い聞かせた。しかし、そうしているうちに一年以上が経って、お会いすることなく今年の七夕の日を迎えてしまった。


……『マラッカ』を聴き終わる頃には川口に到着していた。

川口の商店街では七夕祭りがあったようだ。浴衣姿の若い人たちが夜道に膨らんで歩いていた。コンビニの駐車場に車を停めると、色鮮やかな浴衣の女のコがふたり、パタパタッと走り寄ってきた。

驚いていると、そのうちの髪を金色に染めた女のコがサイドのウインドーの前で羽ばたくように大きく手を振り「きゃ～」と笑ってから、ふっと手を止めた。

「あ～間違えた。お迎えじゃなかった。この人パパじゃない。すいません。きゃははは っ」

と笑ってアッという間に走り去っていった。

通りにあふれた南国の鳥の群れのような浴衣姿の群集の中に混じって、もうすぐに見えなくなった。

カーステレオでは『マラッカ』の最後の曲である『極楽鳥』が流れていた。Ｔ－ＲＥＸのマーク・ボランの死を悼んでＰＡＮＴＡさんが作った鎮魂歌である。

極楽鳥、極楽鳥。

その最後の歌を「叫びつづける少女の前で」と、ＰＡＮＴＡさんが歌う。

ＰＡＮＴＡさんが歌い切った後、長い長い後奏がある。けれど、やはり、その曲は、やがて終わる。どんな曲もやがて終わる。

第八回

アミラーゼだな

ライブの記憶があまりにもない問題、ということがあるかと思う。

たくさんライブをやっていると、基本的にライブで何をやったか、何を言ったか、どんなことがあったか、そもそもそんなライブをやったのかどうかさえ、あんまり覚えちゃいないようになるのだ。

「今夜のライブ一生忘れないぜ」「みんなのその顔、ずっと目に焼き付けておくぜ」とかロックの人々はライブで言ったりするが、ウソである。

次のライブをやる頃にはすべてを忘れ去っているし、下手すれば打ち上げでも始まって「ウーロンハイ三つ」とか言った頃にはもうまるで宇宙人に抜かれたかのようにスッポリ記憶がなくなっているものなのだ。

それはおそらく脳の防御システムによるものなのかもしれない。次々に忘れていかないと、ライブという濃い体験で脳の容量を超越してパンクしてしまうからだ。

だからライブをやる者の多くはせめて、ひとつのライブについてひとつくらいの印象のみを覚えていることが多い。

「ああ……。なんかモキモキ言ったライブね。そのことだけ覚えてる」

「ああ……。下川君に青い革ジャンあげた日ね」

例えば筋肉少女帯の今年五月二十日（二〇二三年）のライブでのたったひとつの印象は「モキ

モキ」猿の体でコール&レスポンスしたことだけであるし、七月二日の特撮のそれは「下川君に青い革ジャンをあげた」のみなのである。あとは今や何ひとつ覚えてはいない。

筋肉少女帯、特撮とは別に僕がやっているユニット・オケミスが誕生五周年を迎え、七月二十八日に新宿LOFTでライブを行ってきた。言わずもがな、もうライブの内容はほとんど覚えていない。だけど、やはり、たったひとつだけ印象に残っているものがあるのだ。それはアミラーゼである。

「アミラーゼ」とは何か？

オケミスのライブ前夜、僕はひとりで中華料理店に入った。チェーン店だがわりと広い店で、長いカウンター席のひとつに座った。目の前の厨房では、五〜六人の料理人たちが忙しく働いていた。いくつものコンロがゴーッと勢いよく火を噴き出していた。ビールを飲み始めた僕の頬もカッと熱くなるほどだった。餃子もコンガリ焼き上がっていて旨かった。

「はっ、ほっ、熱々」などとひとりやっていると、入り口のあたりが不意に騒がしくなった。客のおばさんと店員のひとりがなにやらやり合っているのだ。

おばさんは、頼んだ料理に不満を感じたようだった。納得のいかない表情で大柄な男の店員と対峙していた。

〝あんかけ〟という言葉が聞こえた。あんかけの料理に何か不手際があった、と彼女は訴えているようだ。それに対して店員がどうやら、「それは違う」と返しているようだった。あんかけの、何がどう不満だというのか？　何がどうそれは違うというのか？　すると店員がやたら毅然とした口調で言ったのだ。

「違います。それはアミラーゼです」

アミラーゼ？

アミラーゼって何？　おばさんはポカンとした。僕もポカンとなった。店員が、謎のワード〝アミラーゼ〟について語り始めた。

「それはアミラーゼのせいです。人によって唾液の中にアミラーゼという物質を多く持っている人がいて、アミラーゼとあんかけが混ざり合うと、あんかけが水のようにシャバシャバになるのです」

「はあっ？　いやあのそんなんじゃなくて、私はさっきのあんかけにちゃんと火は通したのかと聞いているんですよ。粘りがなくて水みたいにシャバシャバだったのよ」

「ちゃんと火は通しています。だからアミラーゼのせいなんです。アミラーゼであんかけがシャバシャバになったんです」

「いや……だからあんかけに火を通したの？」

「お客さん、アミラーゼなんだよ」

おばさんは話にならないという顔をして店を出て行ってしまった。

アミラーゼの店員に他の店員が歩み寄って「今のお客さん、理解いただけたのか？」と尋ねた。その店員にも彼は「アミラーゼなんですよ。アミラーゼでシャバシャバになるんです」と言ってのけた。他の店員は？　という顔になってメンド臭そうに僕の前をすり抜けて奥に引っ込んでしまった。その背に、アミラーゼの店員が声を張ったのだ。こうだ。

「本当です。アミラーゼなんです。マツコも言ってました」

僕はもうビールも餃子も忘れてカウンターにスマホを出して「アミラーゼ　マツコ」で即検索をかけたものである。そうしたら、出た！

ネットの記事によれば、マツコ・デラックスさんのテレビ番組でマツコさんがあんかけを食べると口の中でサラッサラになってしまい、とろみを楽しむことができないと告白したのだそうな。

それは唾液に含まれるアミラーゼという、糖質を分解する消化酵素のひとつが原因で、アミラーゼがでんぷんを糖に変化させてしまうために、なぜかよくわからないが化学反応を起こすのであろう、とろみがなくなるのだそう。稀に人によってこのアミラーゼの度合いが高い人がいて、例えばマツコさんがそうであるし、マツコさん曰く、友人の「星野源ちゃんもそうなんだって」とのこと。

知らなかったぜアミラーゼ。

しかし、頼んだ料理のあんかけの味に、意を決して文句を言ったお客様に対し、それはこちらの問題ではない、あなたの保有する消化酵素のひとつのせいなのです。とテレビで聞いた化学知識をひけらかして、〝はい論破〟を試み、あまつさえ「マツコも言ってました」とのエビデンスでもって追い打ちをかける店員のその態度ってのは一体どうなのよそれ。と釈然としないながらも、もちろん翌日の新宿ＬＯＦＴでのオケミスのライブで僕はこの話をＭＣのネタにしたものである。

そしたら「知らない」「知ってる」「あ、私もそう」「じゃあその人がリンガーハット行ったらみんなシャバシャバになるの?・」みたいな感じで新宿ＬＯＦＴが舞台上も客席も大いに盛り上がってしまい、ウケたからよかったとはいえ、この日のオケミスの記憶されるのであろうたったひとつの印象は〝アミラーゼ〟に確定したわけである。

五年間もバンドをコツコツやってきて、その総括が消化酵素のひとつアミラーゼであったとは。ライブ人生とは実にシャバシャバなものであると言わざるを得ない。

それにしても、果たしてシャバシャバは本当にアミラーゼのせいであったのか？　いまだ疑問を抱えつつ、僕は今夜もライブ人生を続けている。

昨夜は池袋ブラックホールでミュージシャンのタカハシヒョウリ氏、作家の中沢健氏とトークイベントをしてきた。

この店では毎夏イベントをやらせてもらっている。今夏で十四回目だ。

当日、店の方のひとりが、「十四回目よろしくお願いします。いろいろありましたね。そうそう篠原ともえさんがゲストの回ありましたね。はっちゃけて歌ってらした。私PAやってたんでよく覚えていますよ」とマネージャーづたいに笑顔で言ってくださったそうだ。

マネージャーが不審な顔をして僕に言った。

「あの、篠原ともえさんなんて一度も大槻さんのライブに出たことないですよね」

ない。すごい昔に対バンしたことはあるが、ここ十四年の間は一度とてない。

まったくない。

絶対にない。

何がどうして店員さんの記憶の中で篠原ともえさんと大槻が共演することになったのだろう。そんな記憶の取り違いってあるのだろうか？　もしやマルチバース？　なるほどブラックホールだけにマンデラ効果なのか。いや……まさか……そうか、わかったぞ！

「アミラーゼだな」

唾液に含まれるアミラーゼという糖質を分解する消化酵素のひとつが原因で、人間の記憶をシャバシャバに変化させてしまうのだ。十四年間の思い出もシャバシャバにさせて、大槻ケンヂのライブに篠原ともえを混入させたのだ。まさにクルクルミラクルだ。マツコも言ってました。星野源ちゃんもそうなんだって。

追記

十四年前に池袋ブラックホールでアーティストのニーコさんにゲスト出演してもらったことがあって、彼女が当時派手な格好をしていたので、スタッフさんが彼女を『シノラー』の頃の篠原ともえさんと勘違いをしたという説も出たものの、時代がまるで合わないし、そんなことってあるか？　やはりブラックホールだけにマルチバースに落ちたのかマンデラ効果なのか。記憶違いだったとしても、それはやっぱりアミラーゼのなせる業なのではないでしょうか。星野源さんもシャバシャバなのでしょうか。

第九回

リンゴチジョ最初の受難

今夏はライブをやり原稿を書き、時間が空くと映画を観に行った。通常営業である。九十歳になる母が施設に入ったので、何回か面会に行ったことぐらいが例年とは異なるところであったろうか。

母は病院にいた頃より歴然と表情が明るくなっていた。施設のアットホームな雰囲気が合ったらしく「家にいるのと全然変わらないよ」と言う。

そして息子が「次は横浜でライブなんだ」と言うと「賢二、うるさいからロックなんてやめな。演歌にしな。演歌なら一曲当たれば十年は喰えるよ」と、三十五年前にメジャーデビューを報告した時と全然変わらないことを言って、またアハハハハと笑うのであった。

映画は今夏なぜかホラー映画にはまった。

昔から嫌いではなかったけど、今年の酷暑に恐怖の刺激を欲したのか、沢山観た。

先日も『ほんとにあった！呪いのビデオ』の劇場版を観るために池袋まで出かけてきた。映画館で聞く決め台詞「おわかりいただけただろうか？」は格別に不気味で恐ろしかった。

ライブはここ二週間で特撮が二本あった。渋谷クラブクアトロでのワンマンとKT Zepp Yokohamaでのフェスである。どちらのライブでも何度か歌詞を間違えた。

僕はお恥ずかしいことにライブで歌詞をよく間違える。歌詞どころか曲構成、ひどい時には三曲四曲目を飛ばして五曲目をタイトルコールしたりすることもある。言い訳はしない。単に練習不足なのだ。いや、やっぱ言い訳しておこう。させてくださいよ。訳があるんですよ。なぜライブでよく間違えるのかと言うと、考え事をしているからだ。なんて言い訳だ。でも事実だ。僕はライブ中に歌いながら考え事をしていることがあるのだ。多くは「曲終わったらMCで何喋ろう？」と考えている。それ以外にも、歌っているとフッと物語のアイデアのようなものが脳裏に浮かんでくることがある。そうするとその幻想の続きがドンドン湧いてきて、歌の詞世界とはまったく異なる物語世界で頭の中がいっぱいになってしまうことがあるのだ。

この奇妙な〝妄想症〟とでも呼ぶべきビョーキは昔からだ。中学生の頃は授業中ずっとそうだった。教師から「お前は腐った魚の目をしている」などと言われて、昭和だったから気付けのビンタなど喰らったものだ。大人になって歌詞や小説などで頭の中の突発的妄想を作品にするという発露の手法に出会うことができた。でもその妄想を歌う発散の途中にまた妄想がギューンッと始まってしまうのだからこりゃダメだ。そりゃ間違えもしますよ。という言い訳なんだけど、おわかりいただけるだろうか？

横浜でもそうだった。この日は『クラッシュオブモード』というフェスで、cali≠gari、えんそく、NoGoD、ゴールデンボンバー、メトロノーム、そして特撮が出演した。ファンの方の年齢層が幅広かった。十代後半くらいのきれいな少女と、三十代半ばくらいの美しいおねぇさんとが並んで立っていたりしていた。

特撮のライブ中、歌っていると、客席の薄暗い闇の中で一組の、きれいな少女と美しいおねぇさんとが、そっと腕を組んだように見えた。その瞬間、僕の妄想のスイッチが入った。

少女とおねぇさんはフェスが終わったらきっと元町のレトロなカフェに行くのだろう、との妄想から……。


「ね、おねぇさん、あのオーケンっておじさん、歌いながらなんか考え事してるっぽくなかったですか」

「そう？　きっと母親が老人ホームにでも入ったんじゃない？　それよりｃａｌｉ≠ｇａｒｉだっけ？　あのバンドかっこよかったよ」

「青さん最高なんです。今日はフェス付き合ってくれてありがとうございます」

「うん、誘ってくれてアリガト。で、ね。あの話、考えてみてくれた？」

「私がＳＭの女王になるって話ですか？　なんでしたっけ？　リンゴチジョでしたっけ？」

「淫語痴女ね。淫語、卑猥な言葉でね、お下劣な言葉を津波みたいに喋って、お客にもそういうことを語らせて、人格を崩壊させて、お客さんを取り巻いている社会のルールや人間関係から精神的に一時だけ解放させて自由にさせてあげるの。サービス業よ」

「フーゾクでしょ?」

「フーゾクだけどね。アタシはその先を目指してる。特別に卑猥な言葉で人格を壊してあげると、潜在意識がむき出しになることが稀にあるのよ。さらにその下の集合的無意識にまでお客さんを通じてアクセスすることが可能になる。集合的無意識は人類共通のデータベースだから、いろんなことを知ることができるし、それこそ知らなくてもいい情報まで知ってしまうこともあるのね。そうだね、例えば……マリリン・モンローやＪ・Ｆ・ケネディーが本当はどうして死んだのか真相とか知りたい?」

「ぜーんぜん興味ないです」

「そうよね。アタシもない。それより、データベースにアクセスできるなら、もっと近しい人の死の真相を知りたい。淫語による人格崩壊のプロセスで、集合的無意識の手前の潜在的無意識の段階で、人は結構自分のトラウマや秘密を語り出すことがあるの。中でもプレイのひとつとして過去に自分の犯した罪を告白させる〝悪事告プレイ〟っていうのがあるんだけどね」

「おねぇさん、何が言いたいんですか?」

「この間ね、ひとりの、まだ若いきれいな顔と肌をした男のコのお客とその〝悪事告プレイ〟をしたんだけどね、男のコ、プレイに結構入っちゃって、語り出したの。小さい頃に、猫や犬を殺して首を切断して、人の家の玄関に置いていたって」

「……それを反省してる、って語ったんですか？」

「反省はまったくしてなかったね。サイコパスのコだね。アタシ興味持っちゃってね。何度も、お金ならいいからって、そのコとその後も〝悪事告プレイ〟をした。そしたら猫や犬の次は、やっぱり人間を殺したっていう告白を始めたんだよね。何人も人を殺して、首を切断したって」

「ええっ……それ空想とか妄想じゃないんですか」

「わからない。ただ、アタシの母親って殺されてんのね。アタシが中学の頃、家に帰ったら母親の首だけ玄関に置いてあったの。首から下は切断され、今も発見されていない。犯人もまだ捕まっていない」

「えっ！　でも、じゃあ、まさかそんな」

「母親が死んでさ、親父はとっくにいなかったから、アタシは十代からこっちの道に入って稼いでいる。ひとりで生きてきた。平成の頃はムチでマゾ男をしばいてりゃよかったけど、この業界も変わっていってさ、淫語痴女プレイの店になってから何年が経つかな。人ってわからない。アタシには淫語の才能があったんだよね。いろんなお客が来たよ。弁護士、政治家、スポーツ選手、みんないろんな結構な悪事を告白して一時的に精神を解き放ってやったけど、まさか生首切断告白の男のコにまで出会うとは予想もつかなかったかな……」

「え、まさかその男のコがおねぇさんのお母さんを……首を……」

「わかんない。でもいろいろと状況が合ってるんだよね。来週またそのコに会うんだ。真相の究明まであと一歩ってとこかな。淫語痴女探偵としてはね。でもね、あのコもちょっと、アタシが何をしようとしているのか、何を探り出そうとしているのか、最近どうも勘付いてき始めたみたい」

「おねぇさん大丈夫ですか？　やばくないですか？　警察とかにも言った方が……」

「警察に〝悪事告プレイ〟で自白させましたって言うの？　てか、これはアタシの問題。アタシがケジメをつけるべき案件。警察とか関係ない。アタシがあの頃、ママを施設に入れるのを躊躇さえしなければ、あの事件の起きるタイミングはなかった。だからアタシが落とし前をつける。最後までやる……おわかりいただけるだろうか？」

「何最後笑ってるんですか。心配してるんですよ。去年アプリでたまたま出会って以来、重度の陰キャの私にとって、おねぇさんはたったひとりの大事な大事な友達なんです。無事でいてください。危ないことしないで」

「大丈夫。うまくやるよ。そんでアンタをアタシの業界にスカウトする。アタシ、見ればわかるんだ。この人はどの程度まで人間の意識にアクセスできるレベルかって。アンタは他人の集合的無意識にまで入り込めるタイプだよ。そうしたらそこからどこまでも、この世界の果てまでこれから行くことができる。アンタはなんだってできるよ。すべての人の無意識下を泳いで、すべてを知ることができる。そしたらアカシックレコードも読むことができる。そしたらこの宇宙の知識の神だ」

「はぁ、なんだってできる……じゃあ次のフェスのチケも良番を取れます？」

「それはぁ……運だね」

アハハと笑って、おねぇさんは「あ、でね、うちの店に来るお客さんは男とは限らないよ」と言った。

「え？」

「女のコの客も全然来るよ。うちの店はそういうスタイル」

「え？　え、え、そうなんですか？」

「アンタ、初めて興味持ったよねぇ」

「そ、そんなことない！」

「店の情報、ＬＩＮＥに送っとくから。今日は楽しかった。もう行くね。じゃね」

「あの、おねぇさん」

「何？」

「いえ、また会いましょうね」

……それから数日の間、少女は家でゴロゴロして過ごした。テッド・バンディやジェフリー・ダーマーの伝記などを拾い読みして、いきなりゲリラ豪雨が窓を打って、やがて収まってまたカッと暑くなった午後に、ふらふらと、日傘を差しておねぇさんからのLINEにあった「リンウッド・テラス」というフーゾクの店まで出かけた。

その店は老朽化したビルの四階にあった。ピンポンを押したけれど誰も出ないので、ソッと扉を開けると、玄関を入った廊下のすぐそこにおねぇさんの首があった。首から下はなかった。

おねぇさんはカッと目を見開いたまま死んでいた。目は射るように少女を見ていた。

少女のスマホが振動した。見ると「次は君がこうなるからね」と、おねぇさんからの文章がLINEに表示された。おねぇさんを殺して首を切断した男のコがおねぇさんのスマホから打ってきたのだと、瞬時に少女は理解した。少女はLINEのビデオ通話を押した。拒否された。音声のみの通話も押したが、これも拒否られた。少女は少し震えた。でも、すぐにタタタッと文字を打ち返す。

「私も幼い頃に猫や犬をよく殺していた。首や足を切って公園にバラまいてた。その後、人を殺したくなったけど、私はどうにか抑えてきた。でもアンタみたいなやつなら殺してもいいよね！　首や手をバラバラにしていいよね。うれしい。殺してバラバラにしてもいい人間にやっと出会えた。ありがとう。これは私の問題。警察とか関係ない。私が最後までやる。決着をつける。おわかりいただけるだろうか？」

そして思いついたように「リンゴチジョより」と付け加えた。

スマホはしばらく静かにしていたが、ぶん、と小さく音を立てた。

「なるほどこれはリンゴチジョの初めての〝悪事告プレイ〟ということだね。了解。わかったよ。よろしく同類。それじゃ、こうするとしよう」

相手からのＬＩＮＥの続きを待たずに、少女がタタタッとスマホを打ってＬＩＮＥを送った。ほぼ同時に少女のスマホが震えた。ＬＩＮＥ上に、まったく同じ文言が並んだ。少女から送ったものと、彼から送られてきたものと、一字一句違いもしない。

「さぁ、ゲームの始まりです」

……と、まぁ……こんなことを歌っている最中に妄想し始めては考え事をしたりしているので、歌詞を間違えたり構成をトチったりするのですよ、という言い訳なのだ。どうですか？　おわかりいただけただろうか？　いただけないですよね。は〜い。ちゃんと歌に集中しますね。

第十回

天気がいいとかわるいとか

たまに街で「あ、大槻さん」と声をかけられることがある。概ね皆さん好意的で「応援しています」などと言ってくださる。たまに、前にも書いたが「大槻さんは現代のソクラテスです」などと言い出す人もいて驚かされることもある。

逆に……というか、いつだったか「ファンです。本読んでます」と男性に声をかけられたので「ありがとう。音楽の方もよろしくです。ニュー・アルバムも出て……」と返したところ、「いいえ、聴きません」とキレ気味にかぶせられて戸惑ったこともあった。

「ん」

「聴きません。僕は現代音楽しか聴かないんです」

そう言って〝ファン〟の方は背を向けて去っていった。

人と人との距離感とは複雑なものだなぁ、と思った商店街の午後であった。

距離感ということでいえば、春先に近所の公園でファンだという方に声をかけられた。そして「大槻さん、○○です」と名乗ってくださったのだが、ちょっとわからない。

「え？　○○さん？」

「メールをいつも送っている○○です」

僕はＳＮＳのｎｏｔｅをやっている。そちらのほうにどういうシステムかわからないのだけど、よく読者の方々からメールが届くのである。だからおそらくそのうちのお一方なのだろうと思った。でも、皆さん仮名だし、声をかけてくれた方もさらにマスクをしていた。

「○○ですよ、大槻さん」

「あ？　あ、はぁ」

「大槻さん」

「はい」

「ＬＩＮＥ交換しませんか」

え、その距離感なんだ、と若干たじろいだものである。なるほど毎日メールを送っていたりしたら、よほど近しい仲になっていると思う場合もあるのかもしれないなぁ。

「大槻さん、さっき喫茶店にいる写真をｎｏｔｅに上げて、これから散歩するって書いてたでしょ。それなら近くのこの公園だと思って来たんですよ。ＬＩＮＥ交換しませんか」

いや〜ちょっとそれはあの〜、とモゴモゴ言って僕は去って行った。すいません。

つい先日も駅で声をかけられた。僕と同世代であろうか。落ち着いた感じの女性が微笑みながら「大槻さんですよね。今日『バンやろフェス』に行きます。とても楽しみにしています」と言って頭を下げた。

かぶっていた帽子に九〇年代バンドブーム頃のバンドのバッチが付いていた。

『バンやろフェス』とは、その日の夜に羽田で行われたロックライブのことだ。『バンドやろうぜ -ROCK FESTIVAL-』筋肉少女帯、岸谷香さん、JUN SKY WALKER(S)が出演した。九〇年代のバンドブームを振り返り、明日への活力をみなぎらせようという主旨のフェスだ。

「ありがとうございます。あ、その、バッチのバンドいいですね」

「えっ、あ、筋肉少女帯も好きですよ。俺にカレーを食わせろの歌とか、昔よく聴いてました」

「うれしいです。今日はよろしくです」

「はい、ワクワクしています。がんばってください」

また健気に一礼して女性は去って行った。ほどよい距離感の挨拶だなと感じた。

しかし……あれ、今の人？　ん？　もしや……。

……今から三十七年前。筋肉少女帯がデビューする二年前。二十歳だった僕は、ちょっと変わったお店へ連れて行かれたことがあった。当時若者だった僕にいろんな〝業界の大人〟の人たちが声をかけてくれて、メシを食わせてくれたり、野望みたいな話を説明してくれたり、いろいろありがたくも怪しかったのだけれど、中に「大槻くん、いい店連れてってあげるよ。経験も必要だろ」と言って、夜の繁華街の明らかに怪しい店に誘う人があったのだ。

連れて行かれたお店は、当時でもさびれた雑居ビルの低層階にあった。髪の薄くなった従業員のおじさんが僕みたいな若造にいきなり「お世話になっております」と深々と頭を下げた。初めて入った店なのに。

「お世話になっております。当店は『夢のお客様お気に入り御指名コース』が可能となっております。これより数人の見目麗しい女のコたちがひとりひとり御挨拶に参ります。その中よりお客様の最もお気に召しました女のコとお遊びいただけるという夢極楽のシステムなのでございます。さっ、どうぞ。さっ、こちらへ」

廊下をはさんで右と左に部屋があった。業界の人は左の部屋へ、僕は右の部屋に誘導された。どんな部屋だったかは覚えていない。ひとりがけのソファに座って「どうなるんだこれ」と怯えていると、やがてひとりの女性が無言で入ってきた。今や何と表してもルッキズムということになってしまうと思うが、大柄でとても痩せていて、七〇年代の戦争映画でゲリラで出てきてすぐに撃たれる人のような……といった雰囲気を僕は感じた。

その方が、ソファに座っていた僕の上にドカッと跨ってきたので本当にビックリした。距離感などまるでない。

いきなり跨ってきて彼女は無言であった。なんの感情も読みとれない顔付きで、僕の左上方四十度を向いて、無言でいた。

途方に暮れていると一分くらいして彼女はまた無言で立ち上がり、部屋を出て行った。入れ違いでさっきの従業員のおじさんが入ってきて「いかがですか」と、うやうやしく尋ねてくる。

「え、いや、あの」

言葉に詰まっていると、おじさんはくしゃぁっと顔をゆがめて残念そうな表情となった。何か芝居をしているようにも見えた。でもすぐに笑顔に戻って「じゃあ次のコを」と言って消えた。

また入れ違いに、今度は僕と同じ歳くらいの、長い黒髪の女のコが入ってきた。

ミニスカートを穿いていたのに、どかっと跨ってきた。そして彼女もまた無言であった。

何と表しても性搾取とわかる令和の今だけれども、まだ昭和だったその夜、僕は「これが恋の始まりだったらどうしよう」とウッカリ思ったものだ。

綺麗な、端正な顔立ちをしていた。ふっと甘いバニラの香りがした。ほぼゼロの距離感に彼女がいた。まつ毛がキラキラと長かった。そして彼女は明らかに自分の今いる環境を憎み切っているといった目をしていた。その瞳は僕の右上四十五度を向いて静止していた。

十秒、二十秒とまったく動かぬ彼女をヒザに乗せたまま、緊張に耐えられなくなった僕は、オズオズとひと言彼女に言ったのだ。

「あの……、こんなとき何を喋ったらいいのでしょう」

すると彼女は、この世を憎み切った目付きのまま、ゆっくりと初めて僕の方を向いて、言ったのだ。

「天気がいいとかわるいとか」

吐き捨てるようにそう言った。彼女は再び右上方四十五度を見上げた。そしてもう二度と口を開くことはなかった。

またおじさんが来て、彼女は部屋を出て行った。おじさんは「以上です。いかがでしたか？」と尋ねた。僕はもうこの時点で相当ビビっていたので「いや、ちょっと僕はもういいです」とブンブン首を振って帰りたい意思を示した。「あ、でも二番目の人が……」と言ってみようかとも一瞬思ったが、おじさんは意外にも「そうですか。わかりました」とアッサリ受け入れた。

「どのコもお気に召しませんでしたか。わかりました。ではこのビルの最上階に系列店がございます。そちらなら必ずいいコがいると思います。ご案内します」

へっ、何、どゆこと？　戸惑っていると、おじさんに結構な力で背を押された。一度店の外へ出され、エレベーターにポンッとひとりだけ乗せられた。背後でおじさんが大声を上げた。

「いーってらっしゃーい」

振り返ると、おじさんの勝利したかのような満面の笑顔が一瞬見えた。ドアが閉まった。すぐに最上階へ着いた。ドアが開くと僕を連れてきてくれた人が、なにやら最上階の店の従業員とエラく揉めているところだった。

「話違うだろ」

「説明したでしょが」

いよいよ本格的にやばいと思って僕はエレベーターを飛び出し、非常階段を駆け下りた。夜の街に飛び出した。そのまま当時自分の住んでいた街まで何キロも走って帰った。最初はダッシュだったが、すぐに息が切れて速度が落ち、マラソンをしているようになった。ハッ、ハッ、と呼吸は一定のリズムを取り出していた。そのリズムに乗せて僕は無意識に繰り返していた。夏の夜だった。

「天気がいいとかわるいとか、天気がいいとかわるいとか」


……それから三十七年の時が経った。

『バンやろフェス』の最後は出演バンドがみんな揃って、ジュンスカの演奏で彼らの八九年の大ヒット曲『歩いていこう』を歌った。

「ウォーウォーウォー　歩いていこう　ウォーウォーウォー　これからもずっと」

若い頃の歌を今歌うと、昔とは違った意味がわかってくるような気がする。

「歩いていこう　前が見えるように」

これはきっと人生との距離感を歌った歌だ。つかずはなれず、テンポ正しく一日一日を歩いてさえいれば、意外に、なんとかなるものだ。そんなことをザックリ歌っているのじゃないかなぁと僕は羽田で歌いながら思った。

天気がいいとかわるいとか、生きているといろいろあるけれど、もしも、はるか昔にゼロ距離で出会ったあの黒髪の女性と、今日、ほどよい距離ですれ違うような挨拶ができて、彼女の瞳にこの世界を憎む色の微塵ももう見て取れなかったというならば、晴れの日も雨の日も、実は概ねどんな日も結構いい天気だったんだと思える今はある。

第十一回

ナマさんと鉄砲

母の入っている老人ホームで縁日をやるというので行ってきた。たまにそういったイベント事を催しているらしい。行ってみると施設のロビーに屋台が出て、ハッピ姿の職員さんが焼きそばを作っていたり、ボールすくいや射的に老人たちが興じていた。

アッパー系演歌（『北酒場』とか『まつり』とか）もガンガンに流れ、賑わっていた。

「あたしは騒がしいの嫌いだよ〜」と言いながら、母も歩行器を押しながらロビーに出てきて、職員さんに促されて射的ゲームを始めた。

ポン、ポンと、これがなかなか上手に景品の人形などを倒していく。その度に職員さんたちが「すごいじゃなーい」「うまいねぇ」とはやし立てる。小さな子供にいうような口ぶりだ。ちょっと九十歳の人間に対してその子供扱いはどうなのかなぁ、と息子は思ったのだが、母は自分の腕前に興奮したのか、ポン、ポンと、また空気銃で景品を倒してみせた後、振り返り、突然「うまいだろ賢二、昔あたしは射撃をやっていたからね」との、賢二が生まれて初めて聞くカミングアウトをしたのであった。

え〜っ、そんなこと絶対に母のこれまでの人生に一ミリもなかったと思う。あるわけがない。でもまぁなんたって九十歳だ。

そんな妄想が浮かんだのだとしたら、それはそれでもういいじゃないかと、映画『山猫は眠らない』ばりにオモチャのライフルをガッシと構えているスナイパーの母のずいぶん小さくなった背を見て微笑ましく思った。

……その日は午後、爆笑問題のラジオ番組に出演した。『爆笑問題の日曜サンデー』である。楽しくトークした。その中で、なんの話の流れからであったか、僕が昔に、落ち武者の生首を目撃したという話になった。

小学生の頃に家の庭で、空中に浮いたザンバラ髪の生首が、口から血を垂らしてニヤ〜ッと僕に笑いかけたのを、一瞬だが見たことがあるのだ。

おそらく子供が見る幻視の類いであったのだろうけれど、僕は確かにそれを見た。アレなんだったんでしょーねー、とラジオでその話をしている時、ふと太田光さんを見ると彼が『ど根性ガエル』のピョン吉のTシャツを着ていた。

「……あ〜、今まであの生首は戦国時代の地縛霊とか江戸時代の怨霊とかかと思っていましたけど、アレ意外に、悪いやつではなかったのかもしれないですねぇ」

意外にピョン吉みたいに、あの生首は相棒的存在になれるやつだったのかもしれない、と、ふとその時思ったのだ。

……もう五十年近く昔に目撃した落ち武者の生首は、昭和の時代劇で観るかのさらし首そのもので恐ろしかった。でも、僕に向かってそいつは確かに笑いかけていたのだ。

ニヤ～ッと、血をしたたらせていたけれど、口元はつり上がって、笑っていたのだ。笑いかけてくる人に敵意はないだろう。

なぜ僕に笑いかけてきたのか？

それは実は、僕と仲良くなりたかったからではなかったのか？

あるいは、相棒になりたかった？

「な、生首、ぎゃあああっ」と心で叫んで約五十年前のあの時、僕は腰を抜かさんばかりに驚いて庭から走って逃げてしまった。しばらくして戻ってきたら、もう生首なんて浮いていなかった。

……どうなんだろう？　あの時、走って逃げ出す前に一瞬だけでも僕が庭に踏みとどまっていたら、もし生首の言い分を聞いてあげるほんのちょっとの間があったなら、その後の僕の人生は随分と変わっていたのかもわからない。

「な、生首！　ぎゃあああっ」

「お、ちょっと待てよ賢二。焦んなって」

「え!?　え、何？　僕の名前知ってんの？」

「知ってるよ。だって俺、先祖だからよ」

「先祖？　僕の？」

「そうよ、俺はテメーのご先祖様よ」

「……ご先祖様って。生首なのに？　さらし首だし」

「すまねーなー、その昔に俺、バカでさぁ、いろいろ調子に乗っちまってよう、気付いたら刑に処されてこのザマよ。成仏できなくてな、長いことこの世をさまよってる……長い長い時間よ。ヒマでなぁ、遊んでくれる子孫でも現れるのをずっと待ってたのよ。ところがこの家は代々けっこうマジメなやつばっかでよう。こんなさらし首の生首の俺ッチとつるんでくれそうなバカのお調子もんがなかなか出てきてくれねぇ。さみしくてよう。でもようやくバカのお調子もんが生まれてくれた。うれしくってよう。物心がつくのを待って、こうして今日やっと、会いに来たってわけよ」

「バカのお調子もん……それ、僕？」

「そうだよっ。一族で一番のバカでお調子もんが俺と賢二。間違いねーだろ」

「……一番がふたりって変じゃない？」

「細かいことを気にすんなよ。なぁ、子孫よ、賢二よ、これから俺とつるんで遊ぼうぜ。お前『ど根性ガエル』毎週テレビで見てるだろ？　アレ面白いな。時代劇より全然面白いよ。俺らは今日からあのヒロシとピョン吉みたいなもんよ。いつも一緒にいて、泣いて笑ってケンカして。な、我ら相棒、つるんでいこうぜ」

「……僕いつも生首連れて歩くの？　目立つでしょそれ。いじめの対象にだってなる。やだよ」

「俺の姿は、よほど霊感のいいやつにしか見えねーよ」

「どっちがピョン吉？　僕カエルはやだよ」

「ん？　するってーと俺がピョン吉？　ま、いいけどよ」

「じゃあピョン吉って呼べばいいの？」

「なんだっていいよ。本当の名は……捨てたよ」

「じゃあ……生首だからナマさんとか。例えばだけど、どう？　ナマさん、変かな？」

「ナマさん！　いいじゃん。俺ナマさんか。あはっ、いいな。よろしくな、賢二。ナマさんって呼んでくれよ」

長いこと孤独でさまよっていたせいか、ナマさんはとってもうれしそうだった。僕も友達が少なくて、学校でも一日中ボーッと空想ばかりしてひとりぼっちの子供だったので、それが生首だとしても、相棒的存在ができて、ちょっとうれしかった。

……これは初めて書くが、実はそれからずっとナマさんと僕は一緒にいた。

バカでお調子もんの僕はその後、勉強をせずにロックを始めた。絵に描いたバカのお調子もんだ。

そうして、いろんなことがあって、失敗したり少しだけ成功したり、泣いて笑ってケンカして、いろんな時を生首のナマさんと一緒に今まで過ごしてきたのだ。ヒロシとピョン吉のように僕らはいい相棒だった。都合のいいことにナマさんの言った通り、彼の姿は他の人には見えていないようだった。

それから五十年近くの時が経って、僕とナマさんは母の見舞いにホームに行くことにした。ナマさんは母を「ケイコ」と呼び、「あの娘は一族でも出来がいいよ」などと言った。九月だというのにまだ暑いある日の午後、ホームへ行って、母の部屋へ入ると、ベッドに寝ていた母がムクッと起き上がり、腰だめに構えたライフル銃で僕の肩の上に浮いていたナマさんを一発で撃ち落とした。

銃声はポンとは鳴らなかった。バーンと明らかに実弾が放たれて、火薬のにおいが室内に立ち込めた。

母は言った。

「うまいだろ賢二、昔あたしは射撃をやっていたからね」

撃ち飛ばされた生首が部屋のドアに当たってはね返りゴロゴロと床に転がり、僕の足元で止まった。生首の口元から血が垂れていた。もともと垂れていたが。

「……お母さん、ナマさんが見えていたの？」

「この年にもなると、今まで見えなかったものがドンドン見えてくる。この間の縁日の時に、賢二の肩に落ち武者の生首が浮いているのが見えてね。なんとかしなきゃと思って、こいつを引っぱり出してきたのよ」

そう言って、手にした三八式歩兵銃を愛おしそうになでた。

「賢二、うちが中野にあったのは、母さんが昔、陸軍中野学校少女班に属していたからなんだよ。母さんは射撃手だった。自分で言うけど名手でね。一里先の蝶々を撃ち落としてみせたよ。賢二、もう大丈夫だ。悪霊は母が撃ち落としてやったよ」

いや、違うんだよお母さん。言いかけて、その前に「いいんだいいんだ賢二」と足元から声がしたので、床に転がったナマさんをもう一度見た。

ナマさんは額に十円玉くらいの弾丸による穴をポッカリあけて、相変わらず口元から血を垂らしながら、五十年前のあの日と同じように、ニヤ〜ッと笑って僕に言った。

「へへっ、ガッツリ撃ち抜かれた。こりゃダメだ。いやぁ、どいつもこいつも俺の一族はマヌケだな。でもケイコ、ありがとう。これで成仏できるよ。やっぱりケイコは出来がいいな。賢二、今まで遊んでくれてありがとな。これからは、ひとりで遊んで生きろよ。泣いて笑ってケンカして、いろいろあるけど、バカでお調子もんのまま、生きていけばそれでいいんだよ」

　ポンと空気銃のようなはじける音がして、ナマさんは夢のように一瞬で消えてなくなった。

「どうしましたか？」と言って職員さんがドアを開けて入ってきた。

「何かしらこのにおい？　花火？　あら、大槻さん、それお部屋に持ってきちゃったんですか」

と職員さんが母に言った。

　母を見ると、手に、縁日で遊んだオモチャの空気銃が握られていた。

「あれ、あたし、なんで鉄砲を持ってんのかねぇ……あらっ、慎一、いや賢二、来てたのかい。ひとりだね」

　母が笑った。もうじき秋になる。

第十二回

鬱フェス新宿の子犬

先日、クラブチッタ川崎で行われた『鬱フェス二〇二三』に参加した。神聖かまってちゃん、上坂すみれさん、ベッド・インその他多数のアーティストと共演した。

『鬱フェス』は、バンド・アーバンギャルドが主催している音楽フェスティバルだ。「病気のみなさんこんにちは」というキャッチコピー。さわやかな夏の野外フェスには向かないような、サブカル色が濃いというか、マニアックでコケティッシュなメンツを集めて開催されている。今年で十回目となる。

僕は十回皆勤賞で出演している。三年前の回では新しい学校のリーダーズとコラボして歌った。その時はまさか彼女らがその後世界的にブレイクするとは夢にも思わなかった。素晴らしいことである。

今年は僕があと数年で還暦を迎えるということで、赤いちゃんちゃんこを着せられて「老後じゃないもん　MAXX TOSHIYORI」というアーバンギャルドとのセッションで出演することになった。マックス年寄り、である。

マックス年寄りかぁ、……いいんだけど、世界的にブレイクするとは夢にも思えないコラボではあるな。ＹＭＯの『ライディーン』に勝手に僕が歌詞をつけた『来たるべき世界』なんて曲などを演奏した。

鬱フェスにはロックバンド、ＤＪの他、女性アイドルも多数参加している。彼女たちがいるとバックステージが華やぐので楽しい。

昨年はキングサリというアイドルグループが出演した。キングサリには閻魔ちゃんという名の若いとても美しい女の子がいる。彼女がまったく物怖じしない。

楽屋でガンガン語りかけてきた。エ～そうなんだぁ～フ～ン知らな～い、みたいなタメ口でもって。彼女の正式名称は『天神・大天使・閻魔』というのだそうだ。「若さって無敵だよなぁ」かわいいなぁ、と感心していると、天神・大天使・閻魔ちゃんがニコッと笑って僕にこう言ったものだ。

「な～んか……やさしいおじーちゃん」

お、おじーちゃん⁉　アラ還とはいえ、この「おじーちゃん」にはいささかショックを受けたことは事実であった。

「う、え（汗）おじーちゃん」

いや、でも、である。彼女に一寸の悪意もなかろうし、明らかに親子、ややもすれば爺と孫娘ほども歳の離れたふたりである。若い若い彼女にしてみれば、総白髪の初対面の五七歳などは足しても引いてもそれはもうキッパリおじーちゃんにしか見えないに間違いはないと、このリアルなる天神のお見通し～大天使の審判～そして閻魔様の宣告を爺は甘んじて受け入れねばならんなと心に決めたものである。

しかし、その時であった。

鬱フェスの主催でありキングサリの曲も作っているアーバンギャルドの松永天馬君が「閻魔！大槻さんはおじーちゃんじゃないっ」と、ビシッと言ってくれたのだ。

天馬君は、とても僕をリスペクトしてくれているナイスガイだ。アイドルからの信頼も厚いのだろう、閻魔ちゃんも、アチャッさーせーん、みたいな感じになって、僕はもちろん「あ〜い〜よい〜よ全然あははは」とデヘデへして、事なきを得たのである。天馬君いい人、あの時はありがとう。

……そのたった一年後に赤いちゃんちゃんこを着せて「マックス年寄り」っていうのは、どういうことなんだよ!?　おかしいだろ天馬君それよっ、と再びいささか憤らずにはいられなかったものの、まあいい。

ともかく今年の鬱フェスでおじーちゃんを演じることになった。それで、アーバンとのリハでまず、彼らの用意した赤いちゃんちゃんこを試着してみたのである。赤い頭巾もかぶった。還暦祝いの正装となって杖もついて腰を曲げた。その瞬間のことだ。え、アレ、何？？　リハスタ内がシーンとしたのだ。

「ん？　シーンって何よ」てっきりドッと笑いが起こってメンバー一同「あはは、大槻さん似合っていますね」「マジ？　やだな〜天馬君、あはは」みたいな展開を予想していた僕は虚を突かれた。

アワアワと天馬君を見上げた。すると彼が赤いちゃんちゃんこの僕をマジマジと見ていた。そしてハッキリと（僕の思い過ぎかもしれないが）その目にはこう書かれてあったように僕の目には見えたのだ。

「大槻さん……おじーちゃんだ……」

あまりにも僕の還暦コスが似合い過ぎていたのである。そりゃそうだよな、あと三年でマジに六十歳だもの。

リハスタの鏡を見るとそこには、亡くなった我が父・茂雄の還暦の時そのものの姿が映っていた。歳を重ねるごとに僕は、あまり仲良くなれなかった父親に容姿が似てくる。

……父がちょうど六十歳の頃だったろうか。帰宅するなり「今日おじーちゃんと人に言われた」と吐き捨てるようつぶやいたことがあった。息子の僕からしてみたら、父はもうその頃十分に老人であった。

「え、不満なんだ、そこ」とキョトンとしたものである。一体誰に「おじーちゃん」と言われたのか。時空を超えて閻魔ちゃんに言われたのだとしたら面白いのだけど、そんなわけもない。あんな綺麗な娘さんに言われたなら怒らなかっただろう。おそらく会社か町中で誰か若造に言われたのだろう。

父は八十代で亡くなったが、息子の目から見て彼がハッキリおじーちゃんになったのは、七十代の前半くらいからであったと記憶する。

昭和の人間らしく、クーラーが嫌いだった。それでもある暑い夏に「頼むからお父さんクーラー買ってきて」という母の訴えに負けて、彼は新宿のデパートへひとりでクーラーを買いに行った。で、クーラーではなく子犬を一匹買って父は帰ってきた。

「家に連れてけって犬の目が言ってたんだよ」

口を開けば金勘定の話しかしなかった男に、そんな情緒的な部分があったのかと心の底から驚いた。そして「親父、そうか、丸くなったんだ……おじーちゃんになったんだな」と思った。

子犬はチョコちゃんと名付けられ、父の溺愛を受けていたが、父より早く死んだ。父は犬の死の数年後に新宿で倒れて寝たきりとなった。「買い物に行く」と母に言って不意に出かけたのだそうだ。

寝たきりになった父は言葉もほとんど喋らず、それこそ一日中眠っていた。でもある時突然「広沢虎造のCDが聴きたい」と言い出した。

誰だそれ？　昔の浪曲師であるらしい。

CDなら賢二だろう、という家族の雑な思い付きによって、僕が広沢虎造の浪曲のCDを買って病院へ持って行くことになった。確かにCD屋で探すと何枚も売っていた。病院へ車で行く道すがら、カーステレオで聴いてみると、これがとても面白かった。

グイグイ引き込まれる語り口、まさに名調子なのだ。『森の石松』『清水次郎長』など、どれもいい。感動すらした。

しかし我が家で浪曲など聴いたことがない。一体いつ、どこで、父は広沢虎造を聴いていたのか。見当もつかない。父にとって虎造とはどんな存在だったのか。どんな思い出があったのか。そもそも父とは何者であったのか？　興味を持って、虎造と共に病院へ向かった。

でも、父はもう死んでいた。〝虎造の理由〟を父から聞くことはできなくなった。そして父が倒れたあの日について「父さん、新宿であんたが買おうとしていたのは、もしかしてまた子犬だったのではなかったの」という問いの答えも、永遠に聞くことはできなくなった……。

あれ？　何の話を書いてたんだっけ……あ、鬱フェスか。

楽しかった。マックス年寄りを歌いながら、ステージ上でふと、もうすぐに「来たるべき世界」を思った。三年後、僕はリアルに赤いちゃんちゃんこの歳になる。新宿へ行くのだろうか、子犬を買いに。

第十三回

しゅとうっとがると～白昼夢

江戸川乱歩に『白昼夢』という掌編小説がある。晩春の日にふと街へ出た主人公が、夢ともうつつともわからない奇妙な風景を見る、という幻想譚だ。先日、秋の弾き語りの旅先で僕が見た風景も、夢ともうつつとも知れぬものであった。だからこれは乱歩の『白昼夢』のような、一種の幻想譚と思って読んでもらえたらと思う。

弾き語りは柏や横浜へ出かけた。前者はMIMIZUQというバンドのイベントで。出かけてみれば柏は案外に遠い。リハーサルの終わった後に疲れて、二階の客席のソファーで少し眠ってしまった。眠ったといっても半覚醒状態のウトウトだ。ステージ上の演奏はよく聴こえた。ファンタジックなMIMIZUQの音楽を浅い眠りの中で夢見心地で聴いた。白昼夢の中にいるかのようだった。

横浜はウッディーな造りの店で、ひとりで弾き語った。柏も横浜もコロナ禍を越えて今や人であふれ返っている。街の一角にはピアノが出されていた。そこで見事な指さばきでクラシックを奏でている少女を見た。いくつくらいだろうか。かわいらしいパッツンの姫カットにしていた。流麗に、ダイナミックにピアノを弾きまくっていた。通り過ぎる人が何人も足を止め「ほうっ」と感心した声を上げた。

「天才ピアノ少女ね」と、僕の横で立ち止まった女の人が声を発した……。

……昔、天才ピアノ少女と僕は友達だった。といっても彼女の場合はもしかしたら「自称天才ピアノ少女」なのだったけれど。

もう、何十年も昔のことだ。僕も彼女もとても若かった。若さの印というわけではないが、彼女の手の甲にはいつもメモ書きがしてあった。例えばバイトのシフトとか、あるいはドイツの覚えにくい街の名前とか、そんなちょっとしたことを、その頃の若い娘はよく手の甲にペンで自分でぐりぐりと書いていたものだ。

「ん？　しゅ……しゅとうっとがると……何を書いているの」

「ドイツの覚えにくい街の名前。いつか行ってみたいんだけど、いつも間違えて言っちゃうから、手に書いてたまに見て覚えるようにしてるんだよ。え～っと、しゅとうっとがると」

トボケたところのあるかわいい女性だった。

僕たちは若かったので、たまにケンカをした。ケンカをして、しばらくしてほとぼりの冷めた頃、彼女に会うと、彼女の手の甲にはまた何か文字が書いてあった。

「ごめん　今回は私が悪かった」

メモと、記憶用と、メッセージ用に、彼女は自分の手の甲を使用していたのだ。

僕は「こっちもすまんかった」と自分の手の甲にペンで書いた。でも恥ずかしいので彼女には見せず、その日はポッケに手を突っ込んで一日過ごした。ペンは油性でしばらく「すまんかった」は消えなかった。

……ある朝、彼女から電話がかかってきた。

「あたしがんになっちゃった。どうしよう」と小さな声で言った。はぁ、がん？　どこの？？と尋ねると「わからない。急に大きなほくろみたいなのができたんでお医者さんに行ったら病気が広がったものだって、どこのがんかはわからないって」と言う。

「へ、そんなのあるわけないじゃん」

原発不明という、どこの部位から起こったかがわからないがんがあるなどとその頃の僕は知らなかったし、そもそも僕らは若かった。命の危険のあるかもわからない大病に自分たちが侵されることがあるなどと、白昼夢にも見ることはなかった。

それから彼女とは何度も会って食事に行ったりしていたけれど、一度だけ「あの病気の話、治し方を自分なりに見つけたから、もう大丈夫」と言ったきり、その話はしなくなった。

なんでも、民間療法だか遺伝子的療法だったか、快癒方法を自分なりに考えつき、高名な医師に直電をかけて、彼にお墨付きをもらったという。「だから大丈夫」なのだそうだ。もとより彼女の大病話を真に受けていなかった若き日のぼんやりな僕は「ふ〜ん」とだけ応えた。

それより彼女が「実は私は昔天才ピアノ少女だった」と、その夜のごはんの席で言い出したことのほうが異常な言動に思えた。

彼女には生まれつき絶対音感があり、どんな曲でも即座にピアノで弾くことができて、一時は有名な天才ピアノ少女だったのだそうだ。

そんな話は彼女から今まで一度も聞いたことがなかった。

「はあ、何言ってんの、うそでしょう」

「うそじゃないって。私は子供の頃、天才ピアノ少女だったの」

ムキになって返してくる。その夜は「うそでしょう」「うそじゃないって」のやり取りで終わってしまった。まったくもって彼女の急な告白の真意を測りかねた。

それからしばらく彼女と会う機会がなかった。ある時「メシに行こうよ」とメールを打つと「もう遊んでいる暇はない」と返信があった。僕はその言葉にムッとして以来、彼女に連絡しなくなった。そして気がつけば疎遠になっていた。

それから何十年も経つ中で、僕は原発不明癌の存在を知り「もう遊んでいる暇はない」の言葉の意味を、アレは「もう残された時間が私にはない」と解釈するべきだったのかもしれないと気がついた。反省した。とても。

あぁっ申し訳ない。どうしてあの朝、それ以降も、もっと親身になって彼女の病気の話を聞いてあげなかったのだろう。相談に乗ってあげなかったのだろうと悔やむようになった。

もう連絡先もわからない。ネットで検索しても名前も出てこない。この件は、有料のウェブサイトで男性にキャラを変えてエッセイに書いたり、素材のひとつにして小説を書いてみたりしたこともあったが、反応はない。

それこそ彼女と高名な医師との相談によって開発された治療法でもって今も元気にしていてくれていたら幸いなのだけれど、わからない。

「うそじゃないって、私は子供の頃、天才ピアノ少女だったの」

もしかしたら、そうやってそんな華々しい過去を語ることで、彼女は自分の生きてきた今までに意味を持たせて、自分自身を納得させようと試みていたのかもわからない。だとしたらそこは「うそでしょう」ではなく「そうなんだね、すごいね」と、ただうなずいてあげるべきではなかったのか。

そんなことを思い出しながら、街角の天才ピアノ少女を僕はじっと見ていた。

曲は『G線上のアリア』から『エリーゼのために』に変わった。昼下がりの街は天才ピアノ少女を見ようと人だかりができていた。少女が『エリーゼのために』を弾き終わると、ワッと拍手があたりから起こった。少女は立ち上がり、ぴょこんと一礼をして、僕の横をすり抜けて去って、人波に消えた。

通り過ぎるときに少女の手が見えた。手の、甲の部分が見えた。そこにはペンで書いたような文字が書かれてあった。

これは幻想譚だと思ってほしい。だけど、チラリと、天才ピアノ少女の甲にはこう書かれてあったのだ。

「ね　うそじゃないでしょ」

そしてもう一行書かれてあった。そちらのほうは一見意味不明のワードであったが、僕にはわかった。きっとこう書かれてあったのだ。

しゅとうっとがると。

第十四回

ほな、どないせぇゆうね

筋肉少女帯のツアー中である。

十一月二十二日のZepp DiverCity（TOKYO）がファイナルになる。筋肉少女帯はラウドロックバンドだ。六十歳も近くなってのラウドロックのライブは、体力も気力も死に物狂いである。全身全霊で、全集中して対峙しなければできるものではない。真面目なことを言うが、これは紛れもなく真実である。すべての雑念を捨て、煩悩を振り払い、ただステージとお客様と自分たちの音楽のみに専念しなければ、目指す高みにはたどり着くことが叶わないのだ。

……で、先日、メイドカフェに行ってきた。

「雑念全然捨てとらんやないか」「煩悩しかないやろうお前」と言われたなら返す言葉もないが、行きたかったんである。ここ数年、一回行ってみたいと密かに思っていたのだ。

正確にはメイドカフェではなくてコンセプトカフェというのだそうだ。お店ごとに例えば「妖精さんがお店にいっぱい」とか「アイドル候補生がお給仕します」などとのコンセプトが掲げられ、僕が興味を持ったのはその中でプロレスでいうならクラシックスタイルというか、メイド姿の店員さんが接客してくれるところである。

コロナ禍でスマホをいじっているときに、無数のメイドさんたちが配信をしていることを知った。

「今日カラコンが派手なんですよー」「ネイル変えてみたの～」面白いことは何ひとつ言ってはいない。が、しかし、アラ還にしてみれば、はるかに若い子らがキャピキャピ萌え萌えしている姿は、眺めているだけでホッと心が和むものだった。

たまに彼女らが踊り出すのも楽しかった。メイド姿でアイドルソングのようなものをダンスしてみせる。メイドちゃんによっては三曲、四曲立て続けに踊って息ひとつ切れぬ全盛期のジャンボ鶴田の如き無尽蔵のスタミナの子もいた。見ているだけでこちらもなんだか元気になってきたではないか。

「か～ら～の～」と彼女が叫んで、さらにもう一曲。見事だ。推せる……なるほど、これか、これが推しと言うものか？　もっと見たい。でも他の子も見てみたい。

なるほど……これがDDか。誰でも大好き、というオタク道にもとるアレであったのか俺は。

……なんでもいい、とにかくたくさんメイドさんたちを見てみたい。と、そこで家にあるスマホ二台、iPad二台、パソコン一台、その他の端末にコンカフェの各店舗配信を映し出し、部屋の至る所に置いて、さながらNASAロケット打ち上げコントロールセンター、あるいは電子の要塞またはただのオタおじ部屋と成り果てて、コロナ禍の日々を厳戒観察態勢でもって暮らしていたものである。

しかしコロナ禍が明けても、実際にコンカフェに行くことはなかった。

「もしメイドちゃんのお母様が筋少ファンだったりしてばれたらどうしよう」同じような電子の要塞部屋おじさんに「あ、大槻さんじゃないですか、聴いてましたよオールナイトニッポン。ボヨヨンロックとか好きだったなぁ。ボヨヨ～ン」とかいきなりシャウトでもされたら恥ずかしいよなぁとか、いろいろ想像したからだ。

チンケな自意識過剰が初コンカフェ探訪を邪魔していたのだ。しかもツアー中ともなれば、なおのこと行きづらい。

ではなぜ、にもかかわらず、最近になって出向いたのかといえば、例の、我が推し、が理由であった。「スマホの中のジャンボ鶴田」嬢が最近突然退店してしまったからだ。

「え～っ、うそ。辞めたの～。マジかぁっ」とコンカフェのX（フォローがばれるのでフォローはしていない。毎度検索している）でジャン鶴嬢退店の情報を知ったときは、思わず絶望の声をあげてしまった。そしてバンギャ界隈でよく聞くあの言葉が、その時初めて心に突き刺さったのである。

「推しは会える時に会いに行け」

……帽子を深々とかぶり、マスクをがっつりして、秋葉原へと向かった。

推しはもういないが、第二、第三の推しの子はまだ店にいる。自分は推し道にもとるＤＤゲス野郎だぜ、との自覚症状を抱きつつ、店の前まで行ったが、恥ずかしくなってなかなか入れなかった。

店頭にひとりメイドさんが立っていた。「こんにちは♡」と誘うその瞳と目が合った時「うん？　あ、メイドさんね、そういうの好きな人もおんねんなぁ」と、なぜか関西弁で思ったふりをして口笛まで吹いて通り過ぎたいくぢなしの己を、心の底から呪った。

そして角を回りまた角を回りグルッと一周して再び彼女と目が合った時「ん？　まだおったん、大変やね」再び大阪弁で思ったふりをしてさらにまたグルグルっと一周して「うん？　自分まだそこにおったんか!?」とさも驚いてみせたんだが、それはまったくもってメイドさんの側の言うセリフである。

そして「しゃーないな、こんなによう け会うとはなぁ」と心でつぶやいて、ホトホト困ったねとでも言うような表情を作って、己に対してこう言ったものである。

「……ほな、どないせぇゆうね」

お前は町田町蔵か。

『ほな、どないせぇゆうね』それは町田さんのアルバムタイトルそのままである。

すると見かねてくれたのだろうメイドさんが言ってくれた。

「こんにちは、いかがですかメイドカフェ♡」

「え、あ、あの、ひとりでもいいんですか……ね」

「もちろんですご主人様♡　どうぞ♡」

「ご、ご、ご主人様」

手際よく誘われて入った店内はシンプルな造りながらも淡いミントカラーに統一されて夢夢しかった。音楽が鳴り響き、アイドルソングのようなものに合わせてメイドさんらが踊っている真っ最中だった。

「からの～!!」次の曲に移ろうかというその時に、踊りの中からひとりのメイドが僕の前にやってきて、微笑んで言った。

「当店のコンセプトはご存知ですか？」

「いえ……あ、でも配信を見ていて、あの……」

「じゃあ説明しますね。当店は、ご主人様にメイドちゃんになれる魔法をかけちゃう夢ドリームコンセプトカフェなんです」

「は？」

「今から親指と人差し指でハートマークを作って〝るるるるーきゅうっ♡〟と言いますので、一緒にやってくださいね」

「はい」

「そうしたら、ご主人様はメイドちゃんになります」

「え」

「今からメイドちゃんになっちゃうんです。そしてこれから私たちと一緒にお給仕をしたり踊ったりして、ずっと暮らしていくんですよ♡」

「……時間内に、それをするということでしょうか？」

メイドが「違うよー」と言ってぶんぶんと首を振ってみせた。

「違うよー。ずっとです。ずっとなんだよ。ずっと、ずっと」

「ずっと？」

「そう、ずっと、永遠に。毎日。これから。萌え萌えのメイドちゃんになって生きるの。最高でしょう？」

「最高です！　あ、いや、でも筋肉少女帯のツアーがまだ……」

するとメイドちゃんが遮って声を上げた。

「か〜ら〜の〜！　じゃあ行きますよ、ご主人様。るるるるきゅうっ♡」

「る、る、るるるるきゅうっ……」

メイド化はクロスさせた親指と人差し指から急激に始まった。ＣＧのように指にカラフルなネイルが施されデコデコしたなと思った瞬間にはもう全身が少女と化してメイド服に我が身は包まれていた。髪が伸びてプラチナブロンドの姫カットになり背が縮み一五五センチほどになった。いつの間にか靴はロッキンホースバレリーナを履いていた。素敵なニーハイ。ふわっとパニエ。まぶたがつぶらな二重になり、上も下もまつ毛がにゅるっと長く伸びるのが鏡を見ずとも感覚でわかった。唇はおそらく、いや必ず、ぽてっと赤く物憂げに少しだけ開いているのだ。そうに決まっている。見えないが、きっと背中には小さな天使の羽のタトゥーも浮き上がったところだ。

目前のメイドが「かわいいよ♡」と褒めてくれてから尋ねた。

「かわいい♡　ねぇ、あなたメイド名は何にする？」

「え？　メイド名？　メイド名……」

ふと、再び「ほな、どないせぇゆうね」というワードが脳裏をよぎり、それで言った。

「……町、町田町……町子、町子ちゃん」

「町子ちゃんね。かわいいお名前。じゃあ一緒に踊るわよ。町子っ」

「え、今⁉　振り付けがわからないわ」

「配信で見た通りに踊れば大丈夫だよ。行くよ町子。ちょうど曲が終わったとこね。か〜ら〜の〜!!」

踊り始めてみればなるほど、電子の要塞であれだけ見ただけあってなんとかなった。「町子ちゃんうまいじゃん」とさっきのメイド仲間にいわれて、悪い気はしなかった。それから毎日町子はこの店でお給仕をして踊って楽しく過ごしています。

今までの人生がまるで幻影だったみたい。今は毎日が楽しくて、うれしくて、それになんたって腰も首ももう痛くないし。

たまに配信もしてカラコンを変えた話とかネイルをデコった話をしたりしているの。町子になってよくわかったんだけど、カラコンやネイルの話ってマジ重要。てゆうか、それ以外に話なんてこの世界に何が必要だっていうの？　でしょ？　だよね。それな。

でもね……ちょっとツアーのことも気になっている。あと数日でＺｅｐｐでのファイナルがあるの。どうしよう。お店のシフト早く出してねって言われている。その日はお店のクリスマス前のサンタ・イベントがあるみたいでとっても出たいんだ。でもどうしよう。やっぱり現実に戻らなくちゃいけないのかなあ……みんな待っているものね……どうしよう。どうしたらいいと思う？　う～ん……町子、まいっちんぐ！　ほな、どないせぇゆうね。

第十五回

紫の炎

筋肉少女帯のツアー中だ。初日はクラブチッタ川崎で行われた。

その数日前であったか、ミュージシャンの某さんがご自身のライブ冒頭で「今日は歌いたくない。お喋りがしたい」というような発言をして物議を醸すという騒動があった。

「……それオレの格好のMCネタだよなぁ」と正直思ったのだ。でも、某さんに悪いし、そんな気分の日もあるのだろうし、ツアー初日からそういうネタを放り込むのもどうなんだ、よくないぞ、やめておこうオレよ、「よせよ」と『ネバーエンディング・ストーリー』の日本語カバーにおける羽賀研二さんの歌い出しの言葉で自分を抑え、僕はステージに立った。

でも、どうにも一曲目の『サンフランシスコ』の曲中に口がムズムズしてたまらないのだ。言いたい。言いたい。

どうしても言いたくなって一曲目が終わるやいなや「今日は喋りたくないよ〜」と開口一番大絶叫してしまった。

そこはやはり場内ザワザワッとなった。某さんには一生かけても返すことの困難な〝借り〟を作ってしまったような気が今している。某さん応援しています。

〝借り〟ということで言えば、遠い昔に日比谷の野音でジュンスカやミスチルのメンバーたちとBUCK-TICKの楽曲を演奏したことがあった。

元曲『悪の華』を『悪の草』ともじって、僕が櫻井敦司さんの体で「ううっ、あー!!」と激しく喘いで見せた。その場でドッとウケたうえに、動画が今もネットに上がっていて井森美幸さんの伝説のオーディション・ダンス動画くらい再生回数が伸び続けている。

当時も今もＢＵＣＫ－ＴＩＣＫサイドから特に何も言われてはいない。きっと寛大にお目こぼししてくださっているのだろう。だからＢＵＣＫ－ＴＩＣＫ、特に櫻井さんには大きな借りがあるような気がしている。

でもその借りをお返しするところを彼に直接見てもらうことは、難しくなってしまったようだ。川崎ライブの一週間前に、櫻井さんはステージ中に脳幹出血で倒れ、亡くなってしまった。享年五七歳。僕と同い年だ。デビューはひとつ彼が先輩。とはいえ、ほぼ同期のロックバンドのボーカリストの、違う次元に旅立つその直前に見た光景が、己の表現を熱く求めるリスナーたちの姿であったなどとは。それを思うとぎゅっと胸を押さえつけられたような苦しい気持ちになる。

いろんな気持ちを抱えながらも、今夜もライブは進んでいく。Show Must Go On なのである。

三曲目を過ぎた頃改めて、己の表現を熱く求めてくださるリスナーたちの集う客席を見渡せば、おや、あれ？　最近の筋肉少女帯の客席の光景はすごいことになっている。

客席全体で無数のペンライトが振られて、キラキラと光の海のように輝いているのだ。アイドルやアニソンのコンサートで見られるあれだ。あれに今、アングラパンク出身の筋少のライブ会場はなっているのだ。

コロナ禍でお客さんが発声禁止だった時に、グッズでペンライトを出してみたら、これが意外に曲調にはまったようなのだ。それならと半ばワルノリでメンバーカラーとバンドカラーを決めてペンライトを作ったところ、お客さんがそれも振ってくださるようになった。だから今では赤白緑青ピンク色の五色に彩られて本当にアイドルコンサートのようだ。ちなみに僕の担当カラーは白だ。理由は総白髪だからだ。令和に現れた白髪ドルなのである。

さらに調子に乗って『50を過ぎたらバンドはアイドル』という新曲を作ったところ、客席のアイドルコンサート化に拍車がかかった。かなりの数のお客様がペンライトを振ってくださるうえ、ついには応援うちわを持参でいらっしゃる人も現れたのだ。

「ウィンクして」とか「ピースして」と書いてある、アイドルコンサートで見られるうちわだ。あれを『踊るダメ人間』だの『元祖高木ブー伝説』だの歌ってるバンドのライブに持ってくるってガッツリおかしいだろ？　「よせよ」と再び羽賀研二するべきところなのだろうか。いや今のところ全然悪い気もしていないのは、結成四十年いろんな客席の光景を見てきた、ある種の達観なのである。

「ピースして」なるほどわかったピースね、はいピース。と、ちゃんとメッセージにも応えたりして。

「あ、ハートマーク作るのねオーケーオーケー、で、次は何すればいいのかな。ん、え?」

ところがあるうちわに書かれた文章を見たとき、僕の思考は一瞬停止してしまった。そこにはこう書かれてあったのだ。

「バーンして」

え、何?　バーンして?　バーンって何?　バーン、あ、ん……バーンって、それ、もしかして……。

「デビカバ?」

心でそうつぶやいた事実を、五七歳ロックおじさんは正直に告白しておきたい。

「デビカバ」とは何か?　「デビカバ」あるいは「デヴィカヴァ」とは、ロックバンド、ディープ・パープルの三代目ボーカリストにして七四年の名曲『バーン(邦題『紫の炎』)』を歌ったシンガー、デイヴィッド・カヴァデールの略称である。

『バーン』と聞いて僕たち(巻き添え)世代のロックおじさんが真っ先に思い浮かべるのは、まずパープルの『バーン』だしデビカバと決まっているのだ。その他に思い浮かべるものなんて、ヘビーメタル雑誌『BURRN!』以外にこの宇宙に何も存在はしない。

「え、何、バーンして?　『バーン』を演奏しろってこと?　今日?　筋肉少女帯で??　えー」

まぁ筋肉少女帯は僕以外バカテクのラウドロックバンドではあるし、世代だし、すぐにでも

『バーン』完コピできちゃうだろうけれども、筋肉少女帯のライブに来てディープ・パープルの曲をやれとリクエストするのは、しかもうちわのメッセージでなんて、いくらなんでもそれちょっと失敬なんじゃないのか。筋が違うんじゃないのか。オレ、デビカバじゃねーし。

「イアン・ギラン（パープル二代目ボーカリスト）でもねぇのによー」と、ライブ中に一瞬プンスカしたものである。

でもすぐに「なわけないよなぁ」と思い直した。けれど「バーンして」の謎がやはりわからないまま、その夜は初日のライブを終えたのであった。

「バーンして」の謎を頭の隅に残しつつ、僕は数日後、メイドカフェに行った。

……一度行ってみたかったのだ。メイドカフェ。正確にはコンセプトカフェというのだそうだ。

僕が行ったのはプロレスで言えばクラシックスタイルというか、メイド姿の女の子たちがお給仕をしてくれるところだ。さすがに入りにくかったが、店頭に立っていた金髪姫カットのメイドちゃんが「どうぞ♡」とエスコートしてくれた。一緒に店へ向かう階段を登る時、彼女の厚底の靴がカタンガタンと音を立てた。僕は尋ねた。

「あ、それロッキンホースバレリーナって靴ですよね」

「え、よくご存知ですね。あ、こちらからどうぞ」

店に入ると、レジのところに「ウィンクして」などとメッセージの書かれたうちわがいくつか置いてあった。

お店でメイドさんがダンスを踊るときに、お客さんや他のメイドさんに渡して応援してもらうためのグッズのひとつなのだそうだ。

「あ、メッセージですか。え……じゃあもしかして〝バーンして〟もありますか」

「ありますよ〝バーンして〟振ってくださいますか？」

「あ、あー、ひとつ聞いていいですか。私、年寄りでして〝バーンして〟ってどういう意味なんですか？　わからなくて」

すると金髪姫カットのメイドちゃんが指でピストルの形を作って、僕の胸のあたりをバーン！と弾いてみせた。同時にウィンクを決めた。

「バーン♡」

「……あぁ、ピストルのポーズだったんですね」

「ご主人様のハートを撃ち抜いちゃいますよ♡」

そうか「射撃のポーズをして見せて」という意味であったのか。

言われてみればそうだろう。それなのに川崎で一瞬でもお客様を失敬だなんて思ってしまって、逆にこれは失礼なことをした。

あのお客様にはひとつ、〝借り〟を作ってしまった。

「あぁ、射撃のポーズのことなんですか。ディープ・パープルじゃないんだね」

「そうですよ。デビカバじゃないです」

「あぁ……あ、え!?　今……君、デビカバって言った？　デビカバって言ったよね。え、君いくつ？　なんで知ってるの、『紫の炎』を」

少女はそれには答えず、逆に僕に尋ねてきた。

「それよりご主人様、当店のコンセプトはご存知ですか？」

返答に詰まって黙っているとメイドが不意にババーンと言って、また僕に指鉄砲を弾いてみせる。そしてその指をあやとりのように操って彼女は親指と人差し指でハートマークを作った。唇をすぼめてかわいらしい声で、とてもうれしそうに奇妙な言葉を発した。

「るるるるきゅ〜♡」

メイドの胸元に名札が付いていて、手書きの文字で「町子」とあった。少女化は指先から急激に始まる。

第十六回

ツアーファイナル〜流れつけ町子の街から

筋肉少女帯のツアーがファイナルを迎えた。会場はZepp DiverCity。ファイナルライブといっても、開演前の楽屋の様子は静かなものである。仲が悪いわけではないのだ。もうメンバーもいい大人だし、長年一緒にいるので、特別に交わす会話もないのだ。それこそギターの本城君とはツアー中ステージ上でしかお喋りしていないし、もうひとりのギターの橘高君はライブ準備の関係で大概楽屋が違う。ベースの内田君とは……そういえばキングシーサーの話をちょっとしたかもしれない。

キングシーサーとは、映画『ゴジラ対メカゴジラ』に出てくる怪獣だ。

「内田君、キングシーサーって目覚めるまでが無駄に長いよね」

「ん？　あー、そうだよね」

とそんなやりとりをして、ある地方ではステージへ向かった。ほとんど熟年の芸人同士のようなものである。

スタッフも長い人とは本当に長い。メイクのAさんなどとは数十年来のお付き合いだ。いつもリハ後から約一時間強Aさんにメイクをしてもらう。やはりもうふたりとも話題があまりあるわけではない。唯一、AさんはYouTubeの話をする時だけ、ちょっとテンションが上がる。ここ数年YouTubeを見るのが趣味なのだそうだ。中でも岡田斗司夫さんの配信をよく見ているらしくて「でね、オーケン、岡田さんがさぁ」と、やたら岡田斗司夫さんの最新情報を教えてくれるのだが「岡田さんはディズニーランドに行くんだよね」とか、いらないから今その最新岡田斗司夫さん情報。特にライブ直前には必要性が皆無だと思うのだ。

でもAさんとの最近の唯一と言ってもいいつながりでもあるし、岡田さんにも何度もお仕事でお世話になっているから「うん、へー、そーなんだー」と毎度生返事をしているのだ。

そうやって最新岡田斗司夫さん情報のアップデートを受け流しつつ、僕はメイクされている間ずっと、セットリストを書いた紙に今夜のMCのネタをメモしている。

曲と曲との間でどんなことをリスナーに語りかけようか、スケジュールノートも横に並べて、最近面白かったこと、トピックス、今後の予定、などを拾い上げてセットリスト表にペンで書き込んでいくのだ。

今回のツアーの期間中に個人的に面白かったのは、メイドカフェに行ったことだ。

一度行ってみたかったのだ。で、行ってきた。

……金髪姫カットのメイドさんに誘われて入ったそのメイドカフェは、大きな川のほとりにあった。開かれた窓からゴーゴーと水流が見えた。ミントカラーに統一された店内には小さなステージがあった。

「あ、そこで踊ってもらえたりするんですか？」

「え、あぁ、そうですよ♡　リクエストされますか？」

メイドちゃんがメニューを指差した。そこには「ダンスリクエスト　○○○○円」とあった。

高いのか安いのかさっぱりわからなかったが、ぜひダンスが見たかった。今その必要性は無限大だと思われた。

「あっ、じゃあぜひお願いします」

「はい♡　じゃあ曲何にします？」

「え、曲？」

メイドちゃんがタブレットを手に取り、何やらしゅるっとスクロールして言った。

「私、今歌って踊れる曲が五十七曲あるんですよ♡」

「え、そんなに。歌詞も覚えてるの？」

驚いた。さらに五七といえば僕の歳と同じ数なのだ。まぁ、きっとそれは彼女にはまったくもっていらない情報であろう。

「えぇ覚えてます。もちろん」

僕は自分の曲で歌詞を空で歌える曲なんて数曲もない……一曲もないかもしれない。

「何がいいかなぁ。あぁ、ご主人様『キュート』て知ってます？」

キュートとはアイドルグループの。℃-ute のことであろう。知っている。知っているどころか、ハロプロのイベントで何度か観たこともある。

〃……知ってるってかオレさぁ、モー娘。とコラボしたこともあるんだよね。どころか、ももクロや虹コンにも作詞をしててね……〃と喉まで出かかった自分を慌てて制した。メイドカフェでメイドちゃんにアイドル・マウントを取ろうとしたなら、ツアーがファイナルどころか人生がファイナルである。

「そうだねぇ……あぁ、もし練習中の曲とかあったら、それでいいですよ」

「ほんとですか、あるんだけど間違っちゃうかもしれないですよ」

「いいよいいよ、その進化が見たいよ……アップデートしちゃってよ」

やべえオレ今すげえオヤジになっていると自覚したものの実際オヤジなんだから仕方がないのかもしれない。

「はーい、じゃぁ行きます♡」

と言ってメイドちゃんはスクロールしていた指をピッと止め、

「これにしよ♡」といった。

「これ、ナギイチ」

え、何？　味噌一？　と、たまに行くラーメン屋さんの名前を言いかけたが、ラッキーにも彼女の耳には届いていなかったようだった。

メイドちゃんは手際よくカラオケのスイッチを押してステージに上がると、くるくると舞い踊り始めた。

『ナギイチ』それは夏の到来を謳歌するNMB48の青春キラキラアイドルソングであった。

〝灼熱のこの渚で今一番かわいい女の子は誰？〟というようなことを男子に問いかける歌詞なのであった。あぁなるほど〝渚で一番かわいい女の子〟だから『ナギイチ』なのか。

「そりゃ味噌一じゃないわなぁ」とボンヤリ見惚れていると踊りながら彼女が僕の方へ来て指で鉄砲の形を作って「バーン♡」と撃ち抜いた。

僕は心を撃ち抜かれた。

〝君のナギイチは私でしょ〟と、うまいこと伏線を回収して『ナギイチ』は終わった。

終わるやいなや彼女がツツとまた歩み寄ってきて、僕に「いかがでしたかご主人様♡？」と聞いた。

「最高です味噌一。あ、いや、ナギ、ナギ……」

「ナギイチな。ラーメンではないから」

「え、味噌一知ってるの？　君、若いのに渋いね」

「知ってるよ。うふふ、あのね、私、ご主人様の知ってることはみんな知ってるの」

「……はぁ？」

メイドは何かニヤッと笑った。

「味噌一も知ってるし、バーンもデビカバも知ってるんだよ」

「ええ……バ、バーン、デビカバ？　え、デビカバって言ったよね今？　何……」

「町子はバーンもデビカバも知ってるよ♡　バーンが『紫の炎』だってことも知ってる」

「……き、君は、君は一体何者？」

「私……私たちの名は町子。フルネームでは七曲町子。町子たちは、ある男の美少女化願望の投影体」

「投影体……ある男、ある男ってそれ……」

「その男は現実と日常から逃避して美少女に転生することをずっとずっと望んでいる。その幻想や妄想を何度も何度も繰り返し歌や小説にしていて、ついにこの連載では三回も連続してそのことを書いている」

「……あ、いや、あ、それは、それは、だからきっとこういうことだ。彼の……今いるこの世界への憎しみ、あきらめ、憤り、虚無感みたいなものからせめて跳躍するための真心からの渇望とでもいうか、そう、崇高な、アレだ、崇高な自由への信仰心とでもいうようなものなんだよ。気高い志なんだ。そうさ、崇高なんだ、そうなのさ信仰心なんだ。気高いのさ」

「違うよ、気高くなんてない」

「信仰心なんだって」

「違うの。全然違うんだよ、ご主人様」

「な、何が違うんだよ。崇高な信仰じゃないんなら一体何だってんだよ。言ってみろよ」

「ヘキよ」

「なんだって？」

「ヘキ♡」

「ヘキ？」

「ヘキ。癖。いわゆる性癖」

「……ナギイチ？」

「違う。セーヘキ」

「……味噌一？」

「違う。ヘキ！　癖、癖、癖癖、癖癖癖癖癖癖癖癖癖癖癖癖癖癖癖癖癖癖癖」

「癖……」

僕は言葉を失ってしまった。

仮にそうであったとしても、信仰心ではなく「癖」だったとしても、ズバリ当たっていたとしてさえ、川端康成の『眠れる美女』を読んで「川端さ〜ん、これつまり変態ってことっスよね？」

とぶっちゃけた感想を言うような身もふたもないその物言いはどうなんだい。立ち直れないじゃないか。と、ちょっとの間呆然としたものだ。

「……ひ、ひひどいよ町子、そんなハッキリ言うなんて、せっかくツアーファイナルのリハの後に楽屋を抜け出して来たっていうのに、『るるるるきゅ〜♡』の魔法をかけてもらって美少女に変身して、もうバンドも物書きもキッパリやめてメイドちゃんとしてこれからは毎日楽しくお給仕をして生きていくと固く決意してこの街にやってきたっていうのに」

「あのね、大丈夫、あんたの癖は無数の町子たちがこの街や小説やあんたの創作物の中で美少女として楽しくかわりにやっていくよ。私たち町子の群れはあんた自身でもあるの。でもあんた自体がこの世界からいなくなると、創造主を失った私たちもパッと全員消えてなくなってしまうの。あんたも町子よ、町子のひとりよ。でもたくさんの町子たちの中で誰かひとりだけは現実の世界にいて、幻想や夢や理想と現実、日常との乖離に日々葛藤し続けてもらわなければ困るの。それがこの世のバランス。悪いけど、それを、あんたがやってちょうだいね。どんな世界でも、誰かがそんな役割を果たさなければならない。ね、そういうもんでしょ。身代わりを担ってください。言わば生贄としてね」

「なんだよそれ！　わけわかんねえよエヴァンゲリオンか何かかよ」

「とにかくあんたは現実に戻って。日常を生きて。ほらそこの窓から川が見えるでしょう。あそこに飛び込めば、激流に乗ってすぐお台場に流れつくわ。Zepp DiverCityにはシャワーもあるから、さっぱりしてライブに間に合うよ。さぁ、早く行って。行きなさい」

「なんでオレがその役割なんだよ。どうして誰かが貧乏くじを引かされなきゃいけないんだよ。なんでそれがオレなんだよ。みんなそう思ってるよ。不公平だろうが。ひでーよ。畜生。呪うぞコラ！」

「いいから早く。ほら、日常が待ってるよ♡」

「呪ってやるからな、呪文を唱えてやるぞ。トコイトコイトコイ……」

「何それ諸星大二郎のマンガか何か？　呪文ならステージ上で唱えなさいよ。いくらでも呪ったらいいじゃない現実や日常をさ。ほら、行くよ、行きな、そーれっ」

小柄な体からは想像もできないメイドの力強い押し出しによって、一気に窓際まで追い詰められた。ひゃっ、と悲鳴を上げてドボンと川に落ちる。そのままゴーゴーと水の流れのままに流れて流れてアッという間にお台場の海辺に打ち上げられた。誰ともわからない黒い服の人たちに囲まれてZepp DiverCityのシャワールームに放り込まれた。ザッと体を流して楽屋に戻るとメイク用の椅子の横でAさんが待ち構えていた。

「あれ、オーケンどこ行ってたの。もうライブ始まるよ。早く顔のヒビ入れちゃおう」と言った。

ワンチャンまだ幻想の中にいて、ひょっとしたら町子たちの街へもう一度戻れるのではないかと思ったが、椅子に座った僕にAさんが「でね」と話しかける。

「でね、オーケン、岡田さんがさぁ……」

最新情報アップデート。夢は終わる。現実が戻る。日常へ。それがツアーファイナル。

第十七回　できるまでずっと

四十代から弾き語りを始めて、最近はさまざまなミュージシャンとツーマンライブをやっている。先日は茂原でＲＯＬＬＹさんと共演した。

茂原駅にはロッテリアしか食べるところがなかった。でもそのロッテリアでは、なんとラーメンを出していたのだ。嘘じゃない！　本当だって。僕はそのラーメンを食べた。何味だったっけかな？　きっと今後、全国のロッテリアでラーメンをメニューに入れる計画があるのだろう。それで実験的に茂原で、まずはこっそり出していたのではないか……。

そう思い、ひとり納得した。ライブのＭＣでそのことを話したら、誰も信じてくれなかった。「嘘じゃない。本当だって」。お客さんからは「えー？　？」という反応しか返ってこなかった。

「大槻さん、それはロッテリアとラーメン屋さんがふたつ並んだフードコートだったんじゃないですか」と後でエゴサしたら、そういったことを書いているポストがあった。

「うーん、あ、そうかも。そうだね、ですよね」。迂闊に「茂原秘密実験・ロッテリア・ラーメン屋化計画」とでも呼ぶべき都市伝説のようなものをステージ上で発信してしまったかな。

数日後には吉祥寺で、原マスミさんと弾き語りのツーマンライブがあった。

会場へ向かう中央線の中でＸを開くと、〝ＫＩＳＳの３Ｄアバター化〟のニュースが目に飛び込んできた。

白塗りメイクで有名なロックバンドのＫＩＳＳが今後、リアルの世界ではライブを引退し、代わりに、デジタルアバターのロックバンドとしてライブ活動を行っていくというのだ。

「ネタかな？」とも思った。でもアバター映像をジョージ・ルーカスのＩＬＭが制作したというから何やら本格的なのだ。

メンバーが体にモーションキャプチャをつけて撮影する様子や、出来上がったアバターも公式の動画に上がっている。よくできていた。

リアルからデジタルへの変身とはさすが驚かせバンドＫＩＳＳらしい実験的な試み……と感心するより前に、僕は「それって『根本凪』だよなぁ」とまず思ったものだ。『根本凪』とは、でんぱ組.incと虹のコンキスタドールに在籍していたアイドルの根本凪さんのことだ。彼女はでんぱ、虹コン卒業後の二〇二二年に、突如VTuberに転身し、アバターでの活動を始めて多くの人々を驚嘆させた。リアルからデジタルへの活動の移行ということでいえば、ＫＩＳＳより根本さんの方が先輩だということだ。なのでＫＩＳＳは根本パイセンに敬意を払って今後は自分たちを「虹のコンＫＩＳＳタドール」と呼ぶように。呼ばないだろうが……ただただこのダジャレを書きたかっただけだ（根本さんはその後、リアルでもメディアに登場。リアルとアバターの二刀流となっている）。

……ロックバンドの解散とプロレスラーの引退だけは信用してはいけないと、昔から思っている。きっと数年後にはＫＩＳＳはちゃっかりアバターＫＩＳＳ＆復活リアルＫＩＳＳのツーマン（というのかな？）ライブを行うであろうと僕は予想する。

いやでも、高齢化がどんどん進んでいるロック界において、バンドの存在をデジタルに託すという発想には「その手があったか」と膝を打った。

〝ロックバンド高齢化問題〟は深刻だ。

最近毎日のように、まだ若いミュージシャンが天に召されている。当然いろんなバンドの活動も存続自体が難しくなっていく。「ロックなんて、その時限りのものだろ。時代が過ぎたら風に吹かれて忘れ去られればそれでいいんだぜ」という考え方もあるだろうが、どうも実際にはそうはいかないのだ。

なぜならロッカーも人間であり、人間は自分たちの作り上げてきたものを次世代に残したいと願う生き物だからだ。人間と人間とのつながりであるロックバンドならば、それはなおのことだ。大概のロックバンドはロックバンドを次世代に残したいと、意識無意識どちらにせよ願っている。

ロックバンドを次世代に残す……とは具体的にどういう意味か？

ロックバンドとはひとつのブランドである。バンド名、楽曲、メンバー、この三つで構成されている。

三つのうちでどれを残すことがバンドにとって最も重要なのかといえば、それはまずバンド名なのであると思う。

バンド名さえあればぶっちゃけ「……そんな人いたっけ？」というメンバーで構成されていても、彼らがそのバンド名の人気曲を演奏すれば「あ、まあ……じゃぁ、それでいいのかもな」と、なんとなく納得させせられてしまうという光景をリアルで何度も目撃してきた。特にメタル、プログレ系では何度となくそれはあった。

まずはバンド名が最優先なのだ。そしてメンバーは知らない人でもいいということであれば二番目に重要なのは楽曲だということになるだろう。

となれば、結果的に最下位となってしまうメンバー・人間について「でもあの人の代わりはいないでしょう」といったスター、カリスマの場合はどうなのか？

とも思うが、これもリアルな現実として、代わりは案外に出てくる。そして別物とはいえ意外にうまいことやってのける。

例えば「ジョン・ボーナムの代わりなんてありえない」と誰もが思ったレッド・ツェッペリンのドラムを、ジョンの息子のジェイソン・ボーナムが叩いてヤンヤの喝采を浴びたのは有名なところだ。

僕はこれを〝ロック二代目世襲制〟の成功例と呼んでいる。

〝世襲制〟は他のメンバーとしてもリスナーにしてもバンド存続の落としどころとして相性が

良いように感じる。息子ならしょうがない、子供ならそれは継ぐだろう、という血縁重視の納め方だ。〝ロック犬神家の一族〟みたいな。今後、子供たちや若い親戚が引き継いでその後も長く続いていくロックバンドが、いくつか現れるかもしれない。

では〝世襲制〟に対して、〝襲名制〟はどうか？

「ぜひアナタの二代目をやりたい」という若者を募って、年齢や病気その他の理由でバンドを退くことになったメンバーが、後任の、次世代の自分の役どころを演じる二代目を選出するというバンド・サバイブの一方法だ。

僕はてっきりＫＩＳＳこそが、この襲名制を近い将来最初に取り入れるだろうと予想していた。世界中から希望者を募って、大オーディション番組を作り、二代目ＫＩＳＳのメンバーたちを選抜するのだ。それはバズるだろうし、ＫＩＳＳならやりそうだ。ジーン・シモンズがＪ・Ｙ・Park のポジションだ。ドハマりだ。絵が浮かぶ。

そして背格好の似た若者を四人選んでメイクを施してしまえば、もう誰が誰だかわからない。

こうして二代目ＫＩＳＳが爆誕、バンドは次世代に受け継がれ……と思っていた。

それがよもやのデジタルアバター化とは、変な言い方になるけれど、なんだか出し抜かれたような気分だ。

「……デジタル化ねぇ。バンド全員世襲は難しいし、やっぱり、襲名制ではリスナーが受け入れがたいと思ったのかもなぁ」
茂原のロッテリアでラーメンをすすりながら僕がそういうと、二代目大槻ケンヂ候補の若者が
「どうですかね」と対面で笑った。

「どうですかね。〝今のメンバーしか認めない、アナタの代わりなんていない〟とリスナーは言いますよね。大槻さん、アナタのリスナーもそうでしょう」

「うん、言うね、ありがたい言葉だよ。でもロックバンドは次世代にも自分らの作ったブランドを残したいと願うものだからね。そのためには、反対意見があっても生きているうちにいろいろ保険をかけとかないとね。十年二十年先を見越してね。永遠に生きる人間なんていないからね」

「ですよね。つまり大槻さん、ロックバンドの願う〝バンドを残したい〟って言葉は、今現在のリスナーに対してではなくて、その次の世代、そのまた次の新しい世代のリスナーたちのために言っている、ということですかね？」

「え、あぁ、うーん……で、どうなの君？　本当に二代目大槻ケンヂをやる気はあるの？　こんな遠くまで来てくれたってのは本気ってことかな。ごめんねラーメンしか奢れなくて。こっそり話せる場所とタイミングを探したら、今日はここ、茂原のロッテリアしかなくてねぇ。今度会

う時は叙々苑とか奢るよ」

「いえ、おいしいですよラーメン。あ、で奢っていただいてアレですが、考えたんですが、やっぱ断ります。そのお話。二代目……二代目大槻ケンヂ襲名の話」

「え……あ、そうなの？」

「断ります。一カ月前の秘密オーディション合格からちょっとお待たせしてしまったんで、申し訳なくて今日はここまで来ました。でも二代目のお話、ありがたいですが、キッパリ、お断りします」

「えぇ、な、なんで、なんでなのかな？」

「俺、筋肉少女帯が好きだし、まずアナタのファンだったんで、二代目大槻ケンヂ、やってみようかなと一度は思いましたけど、あの……俺は俺のオリジナルの表現で戦ってみたいんです。二代目や他のそういった人を見下げる気は全然ないです。ただ俺はタイプが違うというか……俺は俺として誰の二代目でもなく、最初からの俺で未来を切り開いていきたいと思ったんです。」

「……あぁ、そうなんだぁ」

「だって、だってアナタがそうだったわけでしょ」

「ん」

「だってアナタがそうだった。アナタは、誰の芸やキャラクターを引き継ぐわけでもなく、まっサラなゼロの状態から、その後の大槻ケンヂを作りあげていった。そうでしょ？　それなら、そのことを継ぐ行動こそが、ゼロから自分を作りあげていくことこそが、実質アナタの二代目になることなんだと思い直したんですよ。一度はオーディションまで受けておいてすいません。でもお断りします。俺は俺でやっていきます」

「……あの、ま、確かに『大槻ケンヂ』は、そんな君みたいにちゃんとしたことを言う人間ではないからな……確かに、タイプが違うよなぁ。立派だね。皮肉じゃないよ、立派だよ。なんというか、見習いました」

「恐縮です」

「いやー……でもあれだぜ、橋幸夫だって二代目オーディションやって今二代目橋幸夫が四人いるんだぜ」

「それ、ひとり抜けて今三人です」

「え、そうなんだ。知らなかった。あー、まぁ、橋幸夫さんはいいけどさ、そうか、だめか、二代目オーケン襲名……」

「あの」

「何？」

「いえ」

「何よ？」

「大槻さん……大丈夫ですよ。あなたはまだまだやれます。二代目なんてまだまだ考えなくていいんです。弱気さを見せないで。ファイトっ」

「……あ、励まされた」

「どうせ二代目を見つけるなら、いっそ金髪姫カットの美少女とかにして、みんなを驚かせてくださいよ。メイドちゃんみたいなさぁ。あはははは、あはははは」

「……それ……」

「じゃあ俺もう失礼します。ありがとうございました。ラーメンごちそうさまでした。ライブ頑張ってくださいね。今日も、次も、その次も、ずっと、あなたが、できるまでずっと」

ペコリと頭を下げて、若者は去っていった。それっきり彼の消息はわからない。連絡も取れない。都市伝説のような話だ。今年はミュージシャンがたくさん天国へ召された。僕はまだ生きている。生きていて、そう、今日もライブだ。

第十八回

百年の孤独

ここ数年、年末はCSの『緊急検証！シリーズ』という番組で『紅白オカルト合戦』の審査委員長を務めさせてもらっていた。

オカルトの識者たちが紅組白組に分かれ不思議トークをプレゼン、勝敗を競い合う催しの審査委員長である。バンドの知り合いには紅白歌合戦に出ているミュージシャンもいるというのに何をやっているんだね君は？　との感もあるが毎年楽しかった。

ところが二〇二三年は開催されないことになった。残念なので、代わりに新宿ロフトプラスワンでオカルトトークイベントを開催することにした。

『緊急！オーケンのほほん学校！真昼のオカルト紅白年末合戦』

ゲストに怪奇ユニット・都市ボーイズと、オカルト編集者の角由紀子さんをお招きした。どちらもYouTube番組を持っていて大人気である。

角さんの番組『ヤバイ帝国』には様々なゲストが登場して毎回面白い。

最近の回には、医者に余命一年を宣告されたがん患者が登場した。それを見て僕はゲラゲラと笑った。

……映画プロデューサーの叶井俊太郎さんは、医師から膵臓がんであることを告げられ、余命一年を言い渡された。五十代。もちろんまだまだ若い。でも叶井さんはどうせ治らないなら仕方ないや、と抗がん剤治療を断り、以前と変わらずに映画の仕事をガンガン続けたのだ。

一年後、宣告余命は越えたけど、がんはステージ4へと進行していた。これで肝臓への転移があったら耐えられない激痛が来て、あとはモルヒネを打ってそのまま、の可能性もあるのだという。

ところがそれでも叶井さんが突き抜けて明るいのだ。達観されているのかわからないけれど、角さん相手に面白トーク、バカ話の連発で見ていて思わずゲラゲラ笑ってしまう。

叶井さんはあの名作映画『アメリ』を買い付けて大ヒットを飛ばし、それによって江口洋介さん主演のトレンディードラマ『東京ラブ・シネマ』のモデルにもなった凄腕の映画マンだ。だけど実は『アメリ』を女性受けするおしゃれ映画だなんて夢にも思わず、てっきり女ストーカーのサイコ・スリラーだと思って買ったのだそうだ。そもそも他に叶井さんの扱っている映画が『人肉饅頭』とか『キラーコンドーム』とか『いかレスラー』である。

その流れで『アメリ』を買い付けて、いざ試写で観て「やべ、これ、いい映画じゃん、困っちゃったなぁ」と正直焦ったのだそうな。

そりゃ『ムカデ人間』とはまったく違う売り方が必要とされるであろう。ちなみに叶井さんはいまだに日本語字幕付き『アメリ』は観たことがないとか。

他にも主演俳優の舞台挨拶がドタキャンになったので代わりにヤギを出したとか、そしたらチャボもオマケでついてきたとか、バカ話がマシンガンのように角さん相手に繰り出される。

どこまで本当なのか盛っているのか。とにかくそんな明るくて破天荒な方だから、がんステージ4であっても悲壮感がサッパリ見て取れない。本当はたっぷりあるのかもしれないが、それを見せない。

すごいなぁ、バイタリティーがあるよなぁ、と感心していたらプラスワンのイベントの後、角さんを訪ねてきた出版社の方に一冊の本をいただいた。

『エンドロール！末期がんになった叶井俊太郎と、文化人十五人の〝余命半年〟論』

タイトル通りの対談集だ。

叶井俊太郎さんが付き合いのある映画界、音楽界、漫画家、作家、その他の著名人、文化人に「もうすぐオレ死ぬんですけど最近どうですか？」と尋ねてまわるのだ。あとがきは叶井さんの四人目の奥様である漫画家の倉田真由美さんが書いている。

まぁすごい本で、二〇二三年に読んだ本では、これはとても面白かったかな。叶井さんを始め、登場する人物の多くと僕が仕事をしたことがあるのが面白かった理由のひとつではあるかなと思うものの、奥山和由さん、岩井志麻子さん、中村うさぎさんといった、百戦錬磨過ぎる人々と末期がん真っ只中の男との対談集は、軽さとすごみとが混然一体となって「やべ、これ、いい本じゃん、困っちゃったなぁ」と正直焦った。

例えばバカ映画の巨匠『いかレスラー』の河崎実監督に「もう未練はないの？」とストレート

に聞かれて、叶井俊太郎はこう答えるのだ。

「うーん。死んだ後に、連載中のマンガが読めなくなるっていうのがね」

強がりなのか本音なのか。どちらにせよこの回答に対し、河崎実が「何読んでるの？」と重ねて尋ねるところが、人の生死に対して気になるのそこかい、とまた驚くわけだが、さらにもう一押し監督の「『チェンソーマン』とか？」と具体聞きするところも最高だし「そう、そういうのも含めて、続きが読めないじゃん」と答える叶井も完璧なんである。完璧……何が？　そしてさらに河崎実監督が淡々と言う「寝て起きてさぁ、今日は生きてるってのに感謝してるけどね。楽しいことばっか、いつも思ってるんだよ。オレは。メンタルだよ。死んだらどうなるとか、考えることもあるけどさぁ、楽しいこと思い浮かべてさぁ、忘れちゃうんだよ、オレなんか」と、余命いくばくもないかもしれない友人に。

叶井もそれにシレッと答える。

「河崎さんは、このままやってくださいよ。このままやってください、仕方ないですよ」

もう本一冊全部書き写したいくらいに、どの対談もいい塩梅なんである。ユーモアとシリアスがギリギリのバランスを保っている。なんだろう、なんというか、これはきっとイキ、いや、高尚というやつである。レベルが高い。

生や死について深く考えさせられるし、逆に、生や死については、それは本当は深く考える必要はないんじゃないのか、という気にもさせる。倉田真由美さんのあとがきだけは、悲しみと苦しみに尽きている。

十五人のうちの何人かに、叶井さんは「もし余命半年って言われたら何をしますか？」と尋ねている。

「あんたに言われたくないよ」ってヤツだが、皆さんちゃんと答えていて、反応もそれぞれである。僕だったら何と言うだろう？　と真面目に考えてしまった。

医者に……若い女医さんがいいなぁ「大槻さんの余命は残念ながら……」と告げられて「えー」と一瞬言葉を失っていると、僕よりずいぶんと年下なのだろう白衣の彼女がもう一押ししてくるのだ。

「大槻さん、じゃ余命を……さぁ何に使います？」

「えー……あ、えー……あの、えっと……そうだ、クリスマスの前にネトフリで『ラブ・アクチュアリー』を観たんです」

「あー、ラブコメの、たくさんの恋人たちが出てくる映画」

「そう、そうです。いろんなカップルの恋模様が複雑に描かれて、でもラストのクリスマスのシーンで全部それがひとつにまとまっていくっていう、実によくできたシナリオで、心から感心してしまった」

「私も観ました。いい映画です」

「完璧でした。そして思った。自分もこういう完璧な作品を作ってみたいなって」

「三カ月では無理でしょう」

「先生、サイコパスって言われませんか？」

「余命宣告の専門医ですね、ってよく」

「映画じゃなくてもいいんです。曲でも、小説でもコラムでも、こいつは完璧だ、って人々が思えるようなものを突貫で作ってみたいかな」

「ラブコメがいいの？」

「サイコ・スリラーでもホラーなものでもいいんです。『悪魔のいけにえ』って映画知ってます？あれも、完璧だ。怪人に家に引き込まれた女の人がボカッと殴られて倒れて足をバタバタ痙攣させる。バタバタ、バタバタって。その〝バタバタ〟だけで人間の存在のはかなさを描ききっているように僕には思える。完璧に。そういうものを死ぬまでにひとつ残してみたい。『ラブ・アクチュアリー』と『悪魔のいけにえ』それを超えるものを余命尽きる前に必ず」

「大槻さん、そこ『アメリ』と『いかレスラー』のほうがよかったね」

「え？」

「そこは今回の話の流れからいって『ラブ・アクチュアリー』と『悪魔のいけにえ』じゃなくて『アメリ』と『いかレスラー』の話にしたほうが、この原稿はうまくまとまったんじゃないの？」

「あ……まぁ、そうですね……その通りだ」

「『いかレスラー』が『人肉饅頭』でもよかったかな」

「ですよね……って、なんですか？　この会話は？」

「この会話はね、初夢よ。もうじきこの初夢が終わって目が覚めたら、二〇二四年も数日目。あなたはまだまだ、まだまだ完璧なものを作るには未熟に過ぎるから、今年もまだ生きてもらって頑張ってもらいますよ。という夢なんです」

「あ、はい、あ、あの、じゃ、僕の余命のほうは……？」

「そうね、とりあえず、百年にしときましょうか」

「長いね！　百年の余命。ガルシア＝マルケスか」

「そりゃ百年の孤独な。とにかくもうすぐ初夢が終わり、今年もあなたの日々が始まります。歌って、書いて、このままやってくださいよ。大槻さんは、このままやってくださいよ。このままやってください、しかたないですよ。それはね、あなたに限らない。今、これを読んでいるすべての人たちもですからね。みんなが、そう。しかたない。じゃあね」

白衣の女医さんがサッと一瞬で天に昇っていって、お正月のまぶしい日の光の中で「明けましておめでとう」と言ったのだ。彼女は金髪の姫カットだった。だから皆さんも明けましておめでとう。ハッピーニューイヤー。本年もよろしくお願いいたします。ちなみになんですけど叶井さん、僕の母方の親戚は余命半年と医者に言われてから、結局九六歳まで長生きしましたよ。

第十九回　アジャスタジアジャパー

脳ドックに行こうと思っている。

聞き間違いが最近あまりにひどいからだ。聞き間違いというより、言葉の認識能力がとても落ちている気がするのだ。耳鼻科にも行くけれど、もう脳を調べてもらったほうがいい。

先日もトークイベントか筋肉少女帯のライブの時（記憶力も歴然と落ちている）に、誰か（思い出せない）のオススメ映画が「今なら鎌倉で観れる」とステージ上で聞いて「へぇ鎌倉で」湘南に良い名画座でもあるんだね、と思ったら「アマプラで観れる」なのであった。アマゾンプライム。もちろんオススメの映画が何だったのか思い出すことはできない。

正月明けに会ったスタッフが、やおら「桑名プリキュアがバブって No.1」と言ったのにも非常に困惑した。

桑名正博さんなら知っているが桑名プリキュアさんなる人（？）は存じ上げないし、桑名正博ならバブって No.1 ではなくてセクシャルバイオレット No.1 だろう。

「え、ちょっと何言ってるのかわからない」

思わず聞き返すと、スタッフが律儀にもう一回いい直してくれた。

「ちくわプリッツがバズってますね」

ちくわにプリッツを入れて食べるとおいしいという話を綾小路翔さんのラジオでしたところ、聞きつけたグリコがプリッツを百箱送ってくださった。それをXでポストしたらば、この、ちくわプリッツが、我がSNSで最大にバズったのであった。

「顔にヒビを入れた人」から「ちくわプリッツの発案者」へ。華麗なる人生アセンションを迎えた記念すべきオーケンの二〇二四年新春なわけだが、よりによってバズり元の用語がもう聞き取れないというね。

「あ、ちくわプリッツ？」

「そうですよ。ちくわプリッツ。ところで大槻さん、今日はドレスコードの島装束で九階の会議室ですやら」

「……は、打ち合わせにドレスコードがあるの？　島装束って、どこの島？　バンドTシャツで来ちゃったんですけど。てか、で、ですやら？」

「……本日はドレスコーズの志磨遼平さんが九階の会議室に来てくれていますから」

スタッフの滑舌の悪さも多分にあるとは思うものの、もはや「ひとり空耳アワー」と呼んでもいいほどの聞き間違いが連日続いているのである。パン！　茶！　宿直!!　言わずもがな志磨さんは島装束ではなかった。

打ち合わせの行われた日の数日前、正月に、車を運転しながらタブレット純さんのラジオをタイムフリーで聴いていたらザ・テンプターズの『お母さん』が流れてきた。ショーケンが「オーママママー」と歌っている。

「オーマママママー　母さんがくれた畳ふところにしまって～」

畳……畳？　お母さん畳を息子にくれるんだ。ふところに入るサイズに切って？　何その風習。あったんだ昔はそういうの。しかしそれ固いし重いしゴワゴワすんじゃね。母さんも迷惑なことすんなぁ。と思いながら、今年九一歳になる母が入居しているホームに車を乗り付けた。

ホームに入り、母の部屋をノックすると返事がない。ちょっと待ってから扉を開けると、ベッドに寝ていた母が頭を少しだけ起こして「えー、誰が来たんだい」という驚いた顔をした。

僕が部屋へ入ると母は上体を起こし「あっ」と何かに気づいた顔になる。そしてややあってから「お～賢二かい」と、ここでやっと不意な来訪者が息子であることに気がついて「あはは、よく来たね」と笑顔を見せるのだ。

一応行くことを伝えたと思うのだけど、母は毎回この「えー」から「よく来たね」のくだりを必ずやる。なんだか親子で毎回寝起きドッキリをしているようで一体どのタイミングで「ドッキリ成功」のプラカードを掲げたものか考えてしまう。もしかしたら、それが母の歓迎のリアクションなのかもしれないとも思う。大槻家で母だけは昔から陽キャであった。

「お～よく来たね。おめでとう。お茶飲みな。冷蔵庫にあるよ」

「あぁ、うん、どう、調子は」

「元気だよ、変わんないよ」

「よかった。正月、家には戻らなかったんだね」

「帰ったって何もないからここでいいよ。もう、ここでいいんだよ」

「そう。うん……あ、そういえば、うちでやっていたアパートがあったよね。あれ、どうしてんの」

「どうしてんのって、あれは賢二への形見だからね」

何を喋ったらいいものだかわからず、なんとなく口にしたアパートという言葉から、予想もせず形見と言うワードが出たので息子は戸惑った。

「私にもしものことがあったらあんたがあのアパートを引き継ぐんだよ」

ああ、それ、と僕は思った。

アパートは父が生前に建てたものだ。わが父は母曰く「石橋を叩いても渡らない」堅実な人物で、金に明るく真面目だった。たまに街中で父とバッタリ会うと、そのたびに「いいか賢二、アルバムは年二枚作れ。そのほうが税金上いいんだ」と言うのであった。そして「いいか賢二、アパートを経営しろ、一番堅実な生き方とはアパートを経営することだ」と言った。実際自分でもアパートを経営していた。

よりにもよってパンクロックを生業としている息子に、アパート経営を薦める父親の意見というのを僕は「まるで子供をわかっちゃいない」と若い頃はガンとして耳に入れないできた。

でも、父も死に、母も老い、アパートはまだある。確かに母にもしものことがあらば、兄も死んでいるから、アパートは僕のものになるということになるのだろう。あれだけ聞かないことにしていたアパート経営者としての自分というものが、うっすらとだが見えてきたわけで。それは、鍵束を持ってアパートの火の元を見て回ったりする昭和の漫画のキャラのような、今時そんなおじさんいないよ、という古ぼけたイメージでしかないのだが、どうだろう、ひとつだけわかることは、アッという間に時は経ち、時は過ぎるということだ。そして過ぎてしまうと、それだけはあり得ないだろうと思っていたような未来に、意外にアッサリと自分がアセンション～次元上昇してしまうというリアルだ。あとどのくらいで？

「賢二、大丈夫だよ。私は百歳超えても生きますから。あはは。まだあげませんから。ほら、お茶飲みな、冷蔵庫にあるよ」

帰りにカーラジオをつけると、能登の大地震と羽田空港の火災事故のことで外の世界は大混乱になっていた。ラジオを消した。鼻歌を歌ってみた。

「オーママママ～オーマママママ～」

母さんがくれた～……とショーケンと歌ってそこで「あ、形見だ。そうかお母さんは息子に形見をくれたのか、畳じゃないよ」と空耳に気が付く。

コンビニの駐車場に車を置いて、とてもおなかが冷えていたので、あったかいお茶を買った。お金を支払う時、若い女の店員が僕に問いかけてきた。

「苦労いりますか？」

「は」

「苦労入れますか？」

「あぁ……あぁ……とりあえず、母にはもうそれはいらないし、入れることもしないでください。こんなバカ息子が迷惑ばかりかけてきたので。そして僕には……どうしようかなぁ……もらいたくはないかなぁ」

そう心でつぶやいたのに、バイトと思われる若い金髪姫カットの彼女は、たった一本の麦茶のペットボトルを、コンビニ袋に「はい」と言って入れてしまったのであった。

……ああ、そうか「袋いりますか？」を「苦労いりますか？」「苦労入れますか？」と僕が空耳したのであろう。

でも、そうか、苦労、もうちょっといるのか、だろうな、なるほど、入れられるのか、苦労、ですよね。まだまだ。

やがてでも確実に速やかに時が経ち時は過ぎ、鍵束を持って火の元を見て回るアパートの管理人さんのおじいさんとなるその日まで、そうなった後でさえ、歌を歌い、ものを書き、転んで滑って。七転び八起きの二〇二四年も正月が早くも終わった。

来月、二月六日で僕は五八歳になる。予想もしなかったアセンションにまた近づくとはいえ、きっとアレだ、まだまだ始まってもいねぇよってやつなのだ。そう思っているとバイトの娘が早口でぶっきらぼうに言った。

「アジャスタジアジャパ～」

空耳だ。またしても聞き間違いだろう。彼女は「ありがとうございました～」と言ったのかもしれない。あるいは「アンタの明日はどっちだ～?」と聞いたのかもしれない。でも、まぁ、どっちにしたって聞き取れなんかしないのだ。

第二十回　ライフ・イズ・ホラームービー

『配信喫茶オーケン』というイベントを始めた。

毎回おひとりゲストをお招きして彼の得意とするジャンルについて語り合う様子を配信するトークイベントだ。

第一回目は作家・UMA研究家の中沢健さん、第三回目はプロレス実況アナウンサーの清野茂樹さんをお招き。もちろんテーマはオカルトとプロレスになるわけである。

第二回目には声優の野水伊織さんをお招きした。いわずもがなアニメの話をじっくりと……と思えば、これが、違う。

トークテーマはホラー映画についてであった。

声優の野水伊織さんは、筋肉少女帯が作った『球体関節人形の夜』という曲を歌ってくださっている。作曲は野水さんからの依頼で、「筋少に曲を作ってほしい女性声優なんているんだなぁ」とメンバー一同当時喜んだものだ。

でもその時は、そんなに彼女とお話をしなかった。何年か経ってホラー映画のイベントで同席して「あ〜野水さんホラー観るんだぁ」くらいに思っていたら、出演者がそれぞれフェイバリット・ホラーを紹介するコーナーで彼女がスチュアート・ゴードン監督の『フロム・ビヨンド』を出してきて「マジか。よっぽどだなオイ」と驚いてしまったのだ。

よっぽどグチャドロな80's ホラーである。さらに、トークが進むうちに「この方は相当数のホラーを観ておられる」僕などとても太刀打ちできない「ガチの人だ」とわかったのだ。いつかじっくりホラーの話をうかがいたいと思った。それで今回『配信喫茶』のゲストに依頼、快諾をいただいた。ありがとうございます。

事前に「お好きなホラーを十作」お知らせくださいとオーダーしたところ「今思いついたものを」と言って十作のタイトルを送ってくださった。

そのなかで観たことのあるのは『ラスト・ナイト・イン・ソーホー』と『デッドゾーン』のみだった。やはりいろいろ観ておられる。こちらから送った十作のタイトルは『エクソシスト』や『シャイニング』とか古くてオーソドックスなものばかりだ。

ジョージ・A・ロメロ監督の七九年日本公開映画『ゾンビ』も入れた。

『ゾンビ』は、大仰に言えば人生に、大きな教訓を与えてくれた映画だ。

……地獄があふれて死者が歩き出し主人公たちはショッピングモールに追い込まれる。絶体絶命、未来はまるでない。でも彼らがとにかく徹底的に闘う。死に抗い、負けない。心が折れてもまた立ち向かう。その姿はホラーとかスプラッターとかをはるかに超越して「生きろ。ダメだと思っても生きてみろ。もし、もしそれでもダメだった時にも、生きようとした姿勢だけは見せろ。それが生きるということなんだ」何があっても死のうとか思うな、という強烈にポジティブな熱いメッセージをくれたように名画座で初めて観た時に感じた。

だから今も『ゾンビ』の教えを胸に僕は生きているのだ。

観たのは高校生の時だったから、感性が若かったんだろう。僕は『ゾンビ』をきっと、青春映画として観たのだ。

……で、野水さんお薦めの映画のうち、まず『哭悲／THE SANDSESS』という台湾の映画を観たところ……一本目から心が折れた。死のうかと思った……狂気化ウイルスの大感染によって、殺戮、暴動、レイプその他が横行する地獄絵図をエンエンと描いた映画であった。

「人をヤな気にさせる映画」というジャンルは確かにあって、近年では多分これは頂点なのではないかと思った。

人に「ヤな気分になった映画ってある？」と問うと「ビョーク主演の『ダンサー・イン・ザ・ダーク』！」と即答する方が多い。

「『ミスト』のラストシーン」という場合も多い。

近年は「『ミッドサマー』でも好き♡」という人によく出会う。

僕としては『ありふれた事件』という九二年のベルギーの映画が「オーケン選ヤな映画大賞」に長いことあったんだが『哭悲』はそれを軽く超えた。

「……野水さんこれ推すかぁ、よっぽどだぁ」と思いながらお薦め二本目『テリファー』を観て再び「死のう、もうこれは死んでしまおう」と思った。

いかれたピエロ・テリファーの手によるあまりにムゴい残虐描写の数々に、心がポキリと、猪木の関節技でやられたアクラム・ペールワンの腕のごとく折れたからだ。

「ぎ、ぎえええっ。やめてええっ」と観ていて何度か声を上げた。

ゴアシーン（残酷描写）について言えばそれこそ『ゾンビ』にもいくらでも出てくるのだけれど、過去のゴアと現在のゴアは技術などの進歩により質がまったく異なると感じる。昔のはオモチャっぽくてどことなく愛嬌がある。笑える。現代のものはとにかくリアルで隙がない。笑えない。エグい。

このゴアの変化については個人的に、九八年のスティーヴン・スピルバーグ監督作『プライベート・ライアン』のノルマンディー上陸作戦の戦闘シーンを境に変わっていった印象がある。描写があまりにリアルで、ツアー先の京都の映画館で初めて観た時ドン引いた記憶がある。

スピルバーグなんて大巨匠の監督に、しかもヒューマンドラマで新しいゴアをやられてしまって、低予算ホラー映画制作勢は、アレは本当に口惜しかったんじゃないかなと思う。その口惜しさがゴアの進化を産んだ？　どうだろう。

マッド・ピエロのテリファーの狂行のルーツにノルマンディー上陸作戦があると考えるのは妄想であろうか。

それにしてもエグかったぜ『テリファー』。まったく、どうかしてるピエロはニューロティカのあっちゃんだけにしてほしいものである。

それでもとっても〝野水さんセレクト〟は勉強になる。

三本目は八三年米映画『デッドゾーン』だ。これは昔に観た。スティーヴン・キングの原作をデヴィッド・クローネンバーグが監督した名作だ。

人の手を握ると相手の過去や未来が見えてしまう男ジョニー・スミスの孤独な闘いを、クリストファー・ウォーケンが演じている。観直したら、ものスゴイ傑作であった。

恋人と別れ、特別な能力をむしろ呪いと感じて苦悩する彼の苦しみ。しかしやがてすべてを受け入れ、たったひとりで闘いに挑もうと決意するジョニーの哀愁を、クリストファー・ウォーケンが、もうそこにいるだけで表現しきっていて、スゴすぎて呆然としてしまった。

……ただ、悪いくせで、観ていたらまた妄想が始まってしまった。

いい映画であればあるほど、僕はその映画のサイドストーリーを妄想してしまう。観ている最中にだ。困ったものだ。

手を握るだけで相手の過去未来が見えてしまう男。彼がもしミュージシャンや作家だったりで、リリイベ……リリースイベントとして、握手会に出ることになったなら、一体どうなってしまうのだろう？　と、いらぬ妄想が始まってしまったのだ。

僕はミュージシャンも作家もやっているので、たくさんの握手会をこれまでやってきた。コロナ禍でここ数年パッタリやめているけれど、やっていた頃は一回に約二百人くらいの人の手を握ってきた。

　もしクリストファー・ウォーケンならぬ僕オーケンに、ジョニーの超能力があったなら大変だ。一回に約二百人もの過去未来が見えてしまうとしたならどうだ。ありとあらゆる人間ドラマがそこにはあって、もしかしたら、そう……テリファーみたいなやつに血まみれにされて殺される人の未来も見えるのかもわからない。


「大槻さん。いえ大槻先生！　『今のことしか書かないで』書籍化おめでとうございます。サイン＆握手会とってもうれしいです♡　先生ッ♡」

「ああ、いやどうも、あはは、コロナ禍も過ぎたので久しぶりにね。僕の読者にしたら君は随分と若いね。うふふ、金髪よく染まってるね。甘ロリちゃんかな」

「どっちかっつーと今日の服はゴスロリでっす」

「ああそう、握手は左手で？　左利きかい。♪わったしのわったしの読者は～左き～き～、なんつってね。知らないか麻丘めぐみ、あはは……う、ううっ……ああっ。うああっ!!」

　握手会に来てくれた少女の左手を握った瞬間、見えてしまったのだ。彼女が血まみれになっている姿が。

キラリと光るナイフまで見えた。

やばい。この直後、多分この帰り道、この彼女は誰かに襲われる。それが見えた。

「ううっ……君、生きろ！　何があっても生きろ」

言われて少女は「は？」という表情になって、僕の著作を抱えて去っていった。

僕は握手会が終わるやいなや、会場の書店を後にして、新宿の裏道へ彼女を探して走り回った。

手を握った時に見えた〝絵〟によれば、それは何度か行ったことのあるロールキャベツを出すレストランがある裏道だった。

駆けつけると金髪ゴスロリの少女が立っていた。

「君、大丈夫かっ」と声をかけると、彼女がタタタッとこちらへ走り寄ってきて、ナイフでいきなり僕の胸あたりを一突きした。

パッと僕の内から鮮血が飛び散って、少女のゴスの服を真っ赤な点々で一瞬にして染めてみせた。

「えっ!?　刺した？　ナイフで？　え、君が刺されるんじゃなくてこっちが君に刺されるの？　そうか、返り血だったんだ。握手した時に僕の脳裏に浮かんだ血まみれの君の姿は、刺されたんじゃなくて刺した返り血を浴びて血まみれだったわけか、なんだ、よかったよ、あはは、……でも、なぜ？　なんで」

「ホラー映画は不条理が肝心だからよ。自分に落ち度があるとは思えないのにヒドい目に遭う。恐怖に巻き込まれ、襲われ、時に無惨に殺されさえする。そんな、この世界の不条理を、誰にでも起こり得るリアルを、ゾンビやピエロに象徴させて、物語に置き換えて、教訓として教えてくれる。それが、ホラームービー」

「なるほど……不条理と教訓を教えるホラームービーは、まさに人生そのもの……ホラー映画こそが人生……それで死ぬのかオレは、死ぬんだね」

するとお姫カットの彼女が言った。

「生きろ！　もうダメだと思っても生きてみろ。もし、もしそれでもダメだった時にも、生きようとした姿勢だけは見せろ」

それが生きるということなんだと教えてくれる。だからある意味、ライフ・イズ・ホラームービー。

第二十一回　スティングは僕に毛布をかけない

眠りにつく時、いつも音楽を聴いている。

スマホを枕元に置いて、SpotifyかAppleMusicを微音で流しているのだ。その音色が眠りへの誘い水となっている。

聴くのはいつも七〇年代のソフトロック&ポップスだ。キャロル・キングとかブレッドとかザ・バンドとか。

七〇年代のそれらは土と風の香りがして、逆に都会の匂いもして、聴いていると心地よく気持ちが落ち着いてくるのだ。寝しなの音楽に何が良いかいろいろ試してみた結果、七〇年代ソフトロックが今の僕には一番合っているようだ。

普段はメタルやパンクをやっていて、ていうか、そもそもナゴムレコードの出身だというのに、落ち着いた先がそこだったとはなんだか「ケラさんごめん」という気分になるけれど、よく眠れるのだから仕方がない。

CSN&Yの『アワーハウス』やイーグルスの『デスペラード』なんてトロトロと溶けていくように寝心地がいい。

ナゴムの死ね死ね団にもばちかぶりにも「裏切って申し訳ない」というセレクションである。

でも僕が七〇年代ソフトロックに詳しいわけでは全然ない。いろんなジャンルを試しているうちにたどり着いただけだ。シャッフルで流していて知らない曲を知ることもよくある。また、その曲がとてつもなくよかったりもする。

たとえばポール・サイモンの『恋人と別れる五十の方法』は、まったく知らなかったけど、こんないい曲がこの世にあったのかと、ベッドで茫然としてしまった。ダンサブルだけど熱くならず抑えたまま感情を爆発させるポエトリーリーディング調の名曲だ。

「ああ、こんなのをやりたい。こういう曲を歌えるように、いつかなりたい」とポール・サイモン相手に百万年早いが思ったりもした。

ボブ・ディランの『天国への扉』は有名曲なのでさすがに知っていたけれど、「のーのーのきのーへぶんずどー」以外のところはなんと歌っているのだろうと気になって、深夜に歌詞を和訳検索したら、その切なさは、はかなさを超えた――ようやくこれで人生の重荷を降ろせる。やっと、俺は、そうだ、眠れるんだ――との魂の安堵感（あくまで僕の解釈です）に、ちょっと泣けてきた。

僕も日々、今日も一日がんばったり何もできなかったり繰り返しているけど、のーのーのきのーへぶんずどー、七〇年代ソフトロックを聴いてようやく今夜も眠れるんだ……と、うつらうつらしていると、七〇年代のミュージシャンがソーッと体に毛布をかけてくれる入眠時幻覚的なイメージ。

七〇年代のソフトロックミュージシャンには髭ボーボーのむさくるしい風体の人も多いので「できれば『NO SECRETS』のジャケの頃のカーリー・サイモンあたりにかけてほしいよなぁ」

と思うんだが、先日は夢うつつの中、よりにもよって、レオン・ラッセルが、しかも『カーニー』のジャケの頃のバージョンで出てきて毛布をかけてくれて、正直ちょっと嫌だったものである。

レオン・ラッセルに毛布をかけてもらったのが二月五日の夜。翌日六日に僕は五八歳になった。

二月六日、仲間のミュージシャンを集めて渋谷で生誕祭ライブを行った。誕生日なのでいつも以上に好きにやらせてもらおうと、普段はなんとなく考えていくMCの内容を、この日は一切考えずにノープランで語り始めたのだ。

そうしたらなんの流れであったか、ファーストキスの話になった。

「僕の初めてのキスというのは十代後半で。池袋に行ってね。水族館でも行ったのかなぁ。その後に日が暮れてきて、もう帰ろうかと思ったら女の子が不意に『大槻君、行きたいところがあるの……』と。え？　何どこ？　と聞いても『ちょっと』と言って詳しく言わない。ズンズン池袋の街をその子は歩いていく。ついていくとそのままどこかのビルに入って何階かまで上がっていって、広いバルコニーみたいな展望スペースみたいなところに出た。そしたらそこに十組くらいのカップルがいて、その全カップルがモーレッツにチューをしていたんだよ。『げえっ何、ここ』

と思って振り向いたら、女の子がキス待ち顔で『んんん～♡』という表情で目をつぶっていたんだ。『こ、これは、もうそういうことかっ、後には引けんよなっ』と思っていたら、ちょうど警備服の男の人が見まわりに来た。でも彼が、猛チュー真っ最中のカップルたちに一切目を向けず無表情なので『すごい。プロだなぁ～』と感心していたんだが、それより目の前のキス待ち彼女にどうしたものか……と気が弱くて焦っていたところ……」

と、この辺でさすがに「何を喋ってんだオレ、五八歳がステージで」ハッと我に返って、初チューの話はやめにしたんである。怖いなノープランMCは。

ちなみにその時に通り過ぎる警備員が無の表情のまま、舌打ちのようなものをしたのを覚えている。

舌打ちは小さく「どういっ！」と聞こえた。

ずっと「あの舌打ちは嫌だったなぁ」と苦い記憶になっていたのだ。

でも、二月五日の夜にレオン・ラッセルに毛布をかけられながら、なぜかそのファーストキスの話が脳裏に浮かびあがってきて、そしたら「ん、あ、あれ、あれもしかしたら舌打ちじゃなかったんじゃないかな？　あの時彼は、僕にこう言ったんじゃないのかな……どういっ！　って……」何十年ぶりかにハッと思いついたのだ。

「あの時、警備員さん、舌打ちじゃなくて僕に小声で〝どういっ！〟って言ったのかも？　〝どういっ!?〟っていうのは〝Ｄｏ　ｉｔ！〟って意味じゃなかったのかな」

「Ｄｏ　ｉｔ！」それをやれっ！　である。

「お前女の子が覚悟を決めて目の前にいるんだ、やれっ！　しろよ、チューをよ。Ｄｏ　ｉｔ！」ということを彼は僕に言ったのではなかったか？

気弱な若者男子への、無数のチューを見てきた接吻現場の達人としての叱咤激励の意味での「Ｄｏ　ｉｔ！」を、あの時、イラついた警備員の舌打ちと勘違いしたのではなかったのだろうか。わからない。わからないし、こんな話でも今はコンプラアウトになるかもしれないし、何より、今のことしか書かないで。だ。もう太古の昔のことである。舌打ちでも「Ｄｏ　ｉｔ！」でももう何でもいい。

僕がファーストキスを体験したその頃、街ではよくポリスの「みつめていたい」が流れていた。スティングがボーカルを務めるこの曲は八三年のナンバーだ。七〇年代のソフトロックではない。だからけして枕元で寝しなにかかることはない。

スティングは僕に毛布をかけない。

……で、キスの話を途中でやめて、またなんの流れであったか忘れたけど、ステージ上で「孤独死」の話を僕はし始めた。

「……あの、『孤独死』っていう言葉が嫌いなんですよ。たとえ人がひとりで死んだとしたって、彼が孤独だったかどうかなんてわかんないじゃないですか。確かにひとりで死んだかもしれないけれど、誰かや、何かと心ではつながっていて、さみしくなかったのかもしれないじゃないですか。それは信心でもいいし、遠く離れていても心の奥底で共感し合っていた人の存在でもいいし、いっそ音楽だっていい。彼に大好きな音楽があって、もう死ぬというその時に彼の意識の中でその音楽が鳴っていたなら、それだけで彼はもう完全な孤独とは言えないでしょう？　だってその時共にあるのだから……もし長い長い年月が経って仮にみなさんに何かあろうという時に、もしその時にあなたが仮におひとりであったとしても、その時に僕の歌があなたの心に流れることがあったなら、それでもうあなたはひとりじゃないですからね。僕の歌と共にあるわけですから。孤独じゃないですからね。そうしたら、そんな人間に対して事情も知らずに『孤独死』なんてさびしい呼び方は絶対にするべきではないよね。人の死に際に区別をつける必要はない」

たとえば「おひとり様死」に呼び方を変えてはどうですか？　と付け足して「温泉宿じゃないんだから」というツッコミのムードを会場に作って場をなごませ「なんか五八歳にもなったら言うことがセミナーっぽくなってきました。帰りに高価なツボを売りますね」なんてふうに笑いで締めて次の曲にいった。

でも、本当に『孤独死』なんて呼んで人の死を勝手にさみしくさせるのはよくないよ。と思っている。

のーのーのきのーへぶんずどー

誰かが天国への扉を叩くその時、歌でも書きものでもなんでもいい。彼の傍らにあって、彼が自分を孤独だなんて思わずにいられる、自分をみじめだと思わないですむような作品を、これからも作っていけたらいいかなぁと、誕生日の夜にステージ上でふんわりと思った。

どういっ！　Ｄｏ ｉｔ！　それをやれ。

帰ってスマホで七〇年代ソフトロックをかけて眠りについた。
また『カーニー』のジャケのレオン・ラッセルが毛布をかけてくれに来た。
「……今夜もレオンさんですか」
「俺だって六十歳近い男に毛布をかけてやるのはウンザリだよ。カーリー・サイモンは昔の私を想像されても嫌だっつって来ねぇよ。ボブ・ディランはノーベル賞取ってからはよりエラくなっちまったからな」

「すいません。ありがとうございますレオン・ラッセルさん。ちゃんと『カーニー』のジャケットの白塗りで来てくれたんですねぇ」

「好きな曲があるんだろ？」

「えーっ。歌ってくれるんですか？」

「騒ぐな。もう夜中だ。これは入眠時幻聴だ。本当はお前が心の中で自分で歌っているだけだ。いつかお前が天国への扉を叩くその時にかかる曲のひとつなのかもしれないぜ」

「ありがとうございます。で、あの……『カーニー』からじゃなくてもいいスか？」

「ん、そうくるの。何？」

「『ソング・フォー・ユー』をお願いします。リクエスト！」

「……わかった。幻聴だぞ。今夜はもう眠っていい」

そしてレオン・ラッセルが静かに歌ってくれるのだ。

……Singing this song for you……

第二十二回　長い長いツアー

本連載が好評ということで、『ぴあ』さんにトークイベントを開催させてもらった。『のほほん学校』と題して三月一日に渋谷の duo MUSIC EXCHANGE で行われた。ゲストは漫画家のみうらじゅんさんとPOLYSICSのハヤシヒロユキさん。みうらさんとハヤシ君だもの、それはもちろんゲラゲラ爆笑大会になったに決まっている。

みうらさんは安齋肇さんと一緒に鳴門のうず潮を見に行った時の話を聞かせてくれた。観光船に乗り合わせた修学旅行生の一団に「ビートルズさんですよね」と言って囲まれたというのだ。長髪髭の両氏を後期ビートルズさんの一体誰と間違えたものかは不明だが、みうら&安齋両氏は「若者の夢を壊してはいけない」と思い、「イエス」と答え、サインにまで応じた。そして引率の先生が「ちょっとビートルズさん忙しいから、みんなもう散ってぇ」と命じるまでビートルズさんに成り切ったのだそうだ。

ハヤシ君はトレードマークの黒ブチ眼鏡が実はダテであることをカムアウトしてくれた。数年前にレーシックの手術を受けてよく目が見えるようになったものの、〝ポリのハヤシ〟と言えば〝眼鏡をかけたギタリスト〟のイメージが強いからと、以降ダテ眼鏡をかけているのだそうだ。

これにはいささかショックを受けた。なんだか今までハヤシ君に眼鏡ひとつですべて騙されてきたかの気持ちになった。

「なんだよ～ハヤシ君ダテ眼鏡だったのかよ。」と思わず声を荒らげてしまった。

ガチ眼鏡じゃないのかよ〜。僕のみならずハヤシ君の眼鏡カムアウトには「騙された」感を抱いた人は多いらしい。

ある日のライブ前、ハヤシ君がＢＲＡＨＭＡＮのＴＯＳＨＩ－ＬＯＷさんとご飯を食べている時に、ふとレーシックの話をしたところ、やおらＴＯＳＨＩ－ＬＯＷ氏がバンッとテーブルに箸を置き、「おい、それ、マジか……」と絶句したうえに、ライブでは客席に飛び込み、客たちに抱え上げられた体勢で「おいみんな〜ハヤシの眼鏡はダテだぜえっ」と、わざわざマイクアピールを始めたとのことである。そこまでするのもどうかとは思うが、ＢＲＡＨＭＡＮの気持ちもわかる。

そんな話題でトークライブは楽しく進行したわけである。まったくみうらさんハヤシ君には感謝しかない。でも意外に、このイベントまで、ふたりはほとんど面識がなかったそうだ。僕がふたりを紹介する形となった。

そこでみうらさんに、僕とハヤシ君の出会いについて説明した。

……もう二十五年くらい前だろうか。バンド連中で東中野の飲み屋で飲んでいたところ、その中のひとりのギタリストが「おい大槻、この辺でお前のファンの若いやつがバイトやってんだよ。そいつもギタリストなんだ。スゲーいいギター弾くよ。連れてくるよ」と突然言い出して、本当にひとりの、黒ブチ眼鏡をかけた若者をすぐに連れてきた。

「こいつハヤシっつーんだよ」そう言ったギタリストの口調を当時の彼のままにみうらじゅんさんに向けて言うと、間の席にいたハヤシ君が「あ〜、ベラちゃんね」と言ってアハハと笑った。

……ベラちゃん〜ベラというのは、その時にひとっ走りしてハヤシ君を連れてきたギタリストのアダ名だ。僕とは同じ歳で、一時は一緒に電車というバンドをやっていた。晩年は戸川純さんのバンドでギターを弾いていた。

ベラは五年前の二月の末頃に突然死して、この世からいなくなってしまった。大酒飲みの愉快な男だった。亡くなる直前だったたか、それこそ渋谷のｄｕｏに僕のライブを観に来て、楽屋で大酒を飲んで誰よりも楽しそうに笑っていた。

「おい大槻い、今日、ニャンコもｄｕｏに来てるな。あいつ絶対来てるよ、いるよ、今ここに、うひっ」

ベロベロに酔っぱらって、ひとり楽しそうにしていた。周りの旧知のバンドマンたちは「あぁ、またベラが酔っぱらっているやつね」と適当に相槌を打って合わせていた。

「ニャンコ」とは、その時より数年前に急に死んでしまった僕らのバンド仲間のことであった。

「大槻、来てるぜ、ニャンコ、今日ここに、俺らに会いに、わかるだろう、うひっ」

ベラは大酒飲みで酔っぱらったままステージに登場して、それで弾けるならいいけど弾けない時もたまにある困った男だった。でもとても友達思いのいいやつなので、みんなベラが好きだった。

五年前の昼間に突然ベラの訃報を知った時、自宅にいた僕は「……そうだ車を路上に停めっぱなしだった。駐車場に入れなきゃ」と、なぜか真っ先に思った。

それで車を駐車場に入れたのだが、その時に隣の車と接触したような気がした。車を降りて隣の車を見たけれど、傷はなかった。でも、駐車場を飛び出てちょうど近くを歩いていた二人組の警察官に「すみません今駐車場で隣の車に接触したかもしれません」と叫んだのだ。

警察官は顔を見合わせた。その内のひとりが「どこでですか」と尋ねた。

「あそこです」と指差した。

「あそこ？　あの駐車場のアレ」

「そうです」

「……ん、なんともなってないですよね」

「傷はありません」

「どちらの車にも？」

「はい」

「ん……、じゃあ、事故はなかったんじゃないですか」

「え」

そこで初めて、自分がひどく気が動転しているのだと気付いたのだ。

「そうですよね。す、すみません」

「いえ、何かあったら交番に来てください。大丈夫ですね」

「はい、はい」


翌日だったか、ベラの通夜に行った。

お坊さんの読経が終わって葬儀の進行役の人が「では最後にお顔を見てあげていってください」と参列者たちに言った。

誰も棺になかなか近付かなかったけれど、やがてひとり、ふたりとベラの遺体と別れのあいさつを始めた。

性の区別とかそんなんじゃないのだけれど、あの時客観的に見て、男はみんなダメだった。

ベラの眠っているような顔を見た瞬間に、ワーッと叫んで泣きくずれてしまうやつが多かった。もう身を震わせてしゃがみ込んでしまうのもいた。そばにいた女性がそれをガッシと支えていたりした。

僕はたまたまタイミングで、カワケンというミュージシャンの男とベラの遺体をのぞきこむ形になった。

カワケンは、ベラとハヤシ君とポンプさんとでツアーを回ったこともあるキーボーディストだ。とにかく明るくてにぎやかなやつで旅先でいつもベラと酒飲んでベロベロだった。

よりにもよってカワケンとオーケンで最後の別れに顔のぞきこまれているだなんて、「こんなツーショットにはベラも笑っちまうだろうな」と思った。でも激情型の性格のカワケンがワーッと泣き出して「ベラ、悲しいよぉっ、悲しいよぉっ」と、不意の友人の他界に対してそれ以上それ以外の表現が現世に果たしてあっただろうかという素直な思いを叫び出したので、もうとにかく、どうしたもんだかわからなくなってしまった。悲しいよぉっ、か。そうだよな。

棺のそばにはベラ愛用のギターが立てかけてあった。


ベラと初めて会ったのは何十年も昔、『中高生バンド合戦』の会場だった。

当時の筋肉少女帯のギタリストが、本番になってチューニングがまるで合わなくなった。どうしようもうダメだ、とメンバー一同ステージ上で慌てふためいていた時に、突然「おい、俺のを使えよ」と言って、客席にいた、自分もマイムマイムダンサーズという出場バンドのひとりだった少年がスックと立ち上がって、自分のギターのネックを持ってバッと僕らに差し出したのだ。

ニヤッと笑って。ベラというニックネームの高校生だった。その少年はその時、今で言うところのジョジョ立ちをしていた。

「俺そんなカッコいいことしてねぇよ」

と、ベラは僕がその思い出話をする度にゲラゲラ笑って否定した。

あまり昔のことで、僕も「そうかなぁ」と言ったものだけど、でも、何かあればそういうことをしてくれるやつだった。豪快で、でっかいことばかり言って、だけど、人一倍繊細で、気が小さくて、だから結果、人にやさしくなるのだ。


「あ～、ベラちゃんね。アハハ」と先日のduoの『のほほん学校』でハヤシ君が懐かしそうに笑った時「ああ、ハヤシ君はベラのことに心の整理がもうついたのだなぁ」と思って僕はけっこうホッとした。

五年前にベラが亡くなった直後、ハヤシ君を招いてトークイベントを行ったことがあった。その時に楽屋で「ベラの話もできるね」というと、ハヤシ君は目を伏せて「それは今日はちょっと」と言って黙ってしまったのだ。

「ああそうか、ベラのことは彼の内で、まだまったく整ってはいないのだな」と、悪いことを言ってしまった気持ちになった。

それから五年して、ハヤシ君のほうから〝ベラちゃん〟という名前が出たのだ。

五年というのは長いのか短いのか、昔のことなのか今のことなのか、わからないけれど、〝ベラの置き所〟が心の内に見つかってよかったなと、ゲラゲラバカ話大会の真っ最中だというのに、僕は瞬間、なんだろう、晴れやか……違うか、だからやっぱり、ホッとした気持ちになったのだ。

五年の間に僕もベラについては心の内の置き所が決まってきて「アイツは、長いツアーに出ていて最近会っていないだけだ」ということになっている。

そう思っているというか、そうなんである。

やつは長い長いツアーに出ていて、今いないだけなんである。

だからある時、ツアーから帰ってきたやつに町中やｄｕｏの楽屋なんかでひょっこり会うことがあったりしても、まったく驚かない自信がある。

腰なんか抜かさない「おっ、久しぶりじゃん」と言って、その後に言うことも決まっている。

「おっ、ベラ、久しぶりじゃん、ツアーか、おつかれ。またライブやろう。ＬＯＦＴでも押さえるよ。曲、何やる？」

「そうだなぁ、なんでもいいんじゃねぇか」

「だよなぁ、なんでもいいよな。なんでもいいし、ライブ前に酒飲んでもいいぞ、全然」

「うひっ、飲みてぇな。オーちゃんも飲むか」

「俺は最近さっぱり飲めなくなったけど、ベラとなら飲むよ。飲んで、お前にくだを巻きたいよ。死んだことはもういい。それは仕方ない。長い長いツアーに出ているだけだと思うことにしている。俺もいずれバンド連中にそう思ってもらう日が来るんだろう。だからそれはもういい。俺がくだを巻くのは、お前と会った最初の日のことだ。そうだ、あのギターの件だ。お前は『俺はそんなことしてねぇ』と言うけれど、あの時、颯爽と現れて自分のギターを差し出したのは絶対にお前だ。間違いない。お前だ。だってお前はそういう男だ。もうそういうことにしておけ。なぜかって？　あのな、そういう男が仲間にいたことを俺は人生の誇りにしておきたいんだ。誇り高く今とこれからを生きていくために、あの思い出は事実だったと、俺は今ここにしっかり書き留めておくからな。いいな、わかったな」

「よくわかんねぇけど、オーちゃんがそう言うんなら、別に俺はそれでいいよ」と彼はきっと言ってくれるだろう。

そして「うひっ」といつものようにしゃくり上げるように笑うだろう。

duoの『のほほん学校』では、最後に三人で『夢の中へ』を歌った。終演。帰り際にみうらさんは「大槻君、また会おうよ」と言った。

みうらさんと僕は毎年、高円寺で二日間イベントを行っている。

一日目がみうらさん司会で、二日目は僕が司会だ。だから同じイベントをやりながら、お互い会う機会が滅多にない。でもいつか、もし最終回がある時は「その時は一緒にやろう」と、みうらさんは前から提案してくれているのだ。

「大槻君、最終回は、一緒にやろうね」

そう言ってみうらさんは去っていった。そんな約束もあるので、ベラ、僕はまだまだ君みたいに長い長いツアーに出るわけにはいかないんだ。

第二十三回　彼女の登場

『推しの子分〜転生したら氣志團だった件〜』とタイトルのついた氣志團のツアーファイナルを観てきた。

驚いた。氣志團のファンが事故で死んで、生まれ変わって氣志團のメンバーのひとりとなってライブに参加する、という、音楽劇仕立てのコンサート演出になっていたからだ。

「え、へ〜、こういうことをしているんだ」と思わず観ながら声が出てしまった。

氣志團と筋肉少女帯とはフェス、氣志團万博などで数回一緒にやっているし、彼らのツーマンライブも、神聖かまってちゃんとゴールデンボンバーとの時に観に行っている。けれどフェスでは彼らを観る余裕がなかったし、かまってちゃんとの時は、持ち時間終了になってもパソコン抱えて舞台を去らないの子君が、伐採された木のようにスタッフに横抱きにされて連れ戻された光景があまりにインパクトあり過ぎて、申し訳ないが氣志團ライブを覚えていない。

その後に行われたゴールデンボンバーとの時のは、早速の子君をオマージュした綾小路翔やんが、パソコン抱えて「俺はツイキャスをやるんだ〜」と叫んで舞台から去らず、スタッフに三段逆スライド方式の魚のように横抱きにされて連れ戻された光景のみが印象に残っている。「天才だな〜」と感心しました。

だから今回ワンマンを観て、「こういうドラマ仕立てもアリか」と知ってビックリしたのだ。

転生したメンバーが三人に増殖したり、さまざま展開があった上でライブは『ダイ・ハード』

ばりに伏線を回収して大団円を迎える。もちろんその中で楽曲もたっぷり演奏。小沢健二さんの『強い気持ち・強い愛』のカバーなども聴かせてくれた。素敵なコンサートであった。

場内の興奮に包まれながら「ああ、こういうの、一度やってみたいな」と思ったものだ。すぐ影響を受けてしまう。

「こういうの」とは、演劇的というかドラマ的というか、曲演奏以外に寸劇などが差し込まれる、そんなライブを筋肉少女帯でもやってみたい、ということだ。

どんなのがいいだろう？　筋少に役者はいないし、何より僕が過去にVシネで忍者役までやりながら自他共に認める芝居下手なのだから、あまり手の込んだものはダメだろう。

かなりユルく、設定だけ決めて、そこにゲストさんなりが登場しての、演劇でたまにある遊びのコーナーみたいにしたら、あるいはできるのかもしれない。

「筋肉少女帯二代目ボーカリスト選抜大会」

たとえばそんなものを曲間に始めたなら、バカバカしくてよいのではないだろうか。

「オーケンがもう体力なくてバンドきついっていうので、あとアラ還になってまだ〝あったかもしれない別の人生と出会いたい〟とか言ってるので、もう新たに二代目ボーカリストを今夜決定して引き継いでもらっちゃいまーす。司会はオーケン、審査員は筋肉少女帯の橘高、本城、内田とサポートメンバーのエディーとコージー。じゃあ、まず最初の方どーぞー」と言って舞台そでからエントリーナンバー一番の小沢健二さんがさわやかに登場。すかさず全員に「そりゃオーケンじゃなくてオザケンだよっ」とつっ込まれて枯れ木のようにスタッフ役のスチャダラパーに横抱きにされてオザケンさん退場。と、いうのをやりたいのだけど、やってくれないだろうなぁオザケンさん（スチャさんもやらないよ）。

ちなみに僕の密かな夢は、フジロックやロック・インジャパンなどの夏フェスで登場したスチャダラパーが「今日は特別ゲストがあります」と叫んで『今夜はブギー・バック』が流れ出して客席がどよめきに包まれたところで満を持して大槻ケンヂが登場して「♪ダンスフロア～に」と唄い出して二万人三万人に「オ、オザケンじゃなくてオーケンかいっ」オイオイとつっ込んでもらうことなんだけれど……マジでこの出落ち一度でいいからやりたいんだけれど……あきらめますすいませんすいません。でも誰かスチャかオザケンさんに言っといて。

「は～いエントリーナンバー一番の方ありがとうございましたぁ。いや～強い愛がありましたねぇ。じゃ、続いてエントリーナンバー二番の方です。はりきってどうぞーっ」

「わははははは っ!!　お前を初代にしてやろうかあっ」

二番はデーモン閣下である。やってくれるわけがない。オファーの段階で「オーケン、お前ちょっとなぁ」と言って二時間くらい説教されるであろう。あのやさしい悪魔のデーモンさんになんてことを。ごめんネ。

「素顔で登場してくださいましたねぇ～、じゃ、続いてエントリーナンバー三番はこの方、ヘヴィメタルバンド・LOUDNESSの二井原実さんでーすっ」

「イエーッ!! って……これワンチャンホンマにあるかも思われるかもしれんやないかい。アカンで橘高君、言うといてやぁ、まずなんで先輩が二代目やるの、あかんやろホンマに」

す、すいません二井原さん。二井原さんは僕がエレキギターを買った時「まず『スモーク・オン・ザ・ウォーター』を弾いてみたい」と言ったら、世界的メタル・ボーカリストなのにわざわざ僕のイベントに来てくださって歌ってくださった、本当に気さくでやさしい方。その勢いで、おふざけコーナーにも実際に出てくれそうで心配です。二井原さん、出ちゃダメですよ。

「ドンドン行きましょ～。次はダイアモンド✡ユカイさん!」

「ロックンロール! 日本を印度に～……あ、オレこの後知らねぇや」

本当に言いそう。ごめんなさいユカイさん。いつ会っても「お、OK。いいよ」と言ってくださる親切な方に無茶ぶりをしちゃいけません。だから先輩だっての。

「じゃあ次は思いっきり若い方に出てもらいましょう。この方です。それ、飛び出せ! Vaundy君!!」

かろうじて聞いたことあるヤングの名前出すんじゃないよ! 見たこともないだろお前。

「続いて藤井風さーん」

縁もゆかりもねえし。

「漫才コンビ『馬鹿よ貴方は』のファラオさーん！」

他業種だよ。てか、どこから出たそのお名前!?

「大谷翔……」

やめろーっ。

「……の奥さーん」

一八〇センチくらいあるとても綺麗な方なんだってね、おめでとうございます。お祝い言うとこじゃねぇぞ。

「じゃ、次は、おや、これは驚いた。次の方は……女性ですねぇ。女の子だ、では、登場していただきましょう」

ステージのそでからひとりの少女が歩いてくる。姫カット、パッツンの金髪、ゴスロリ、ニーソックス、ロッキン・ホース・バレリーナ。マイクを握り、彼女が名乗った。

「町子……七曲町子です」

第二十四回

その時僕は前衛だった

たまに天才と共演することがある。もちろん死にもの狂いの努力もされているだろうけれど、持って生まれたとしか言いようのない異能の持ち主というのは確かにいる。やっぱり天才なわけである。

先日、吉祥寺で共演したピアニストのエディーこと我がバンド・特撮の三柴理や、浅草でツーマンライブを行ったシンガーソングライターの大森靖子さんのふたりなどは、紛れもなく音楽の天才なわけである。

吉祥寺も浅草も彼らが僕より先の出順であった。その天才の演奏の後に登場して弾き語りをするというのは結構ハラハラするものだ。

でもそんな時にはあるふたつの心構えを持ってすればなんとかなると思っている。

ひとつは、シレッとしていることである。

「すごい人の後に出てきちゃいましたけど何か？」——まるで気にしていないですよーという表情でシレッと出ていくと、お客さんも「おや、彼はシレッとしているな。そういうものかな、じゃ、ま、それでいいか」と思ってくれるものなのである。または、思ってくれているとこっちが思えるので、シレッとは重要なんである。

もうひとつは「自分も何かの異能の所持者なのだ」と強く自覚することである。

もしも天才ではなくても、何らかの突出した異能を所持しているからこそ、天才と場を共にしているのだ、という自信自尊心を持つことは、音楽のみならずどんな場でも誰にとっても大事なことだと思う。

天才はそれを察して必ずフォローを入れてくれる。吉祥寺でのエディーもそうだった。彼の演奏の素晴らしさをライブ後半セッション時にステージで讃えると、すかさず彼は「いや」と言って返してくれた。

「いや、大槻の弾き語りだってすごいんだよ。拍とか何拍子を弾いているのかとか全然わからないから、もう前衛だよ。もう大槻というジャンルなんだよ」

そ、それは一体ほめてくれているのか何なのか微妙な感もあったものの、でも、僕を異能の所持者として存在を認めてくれてはいるのだ。名誉なことだ。ありがとうエディー。そうか、俺、前衛なんだ。

浅草では大森さんの弾き語りの圧倒的魅力をライブラストセッション時に舞台上で本人に伝えた。

大森靖子さんは「ありがとうございます」と言った後、ふと「他に大槻さんがこの人は天才だと思った人っているんですか?」と尋ねた。

え、と思って「ここで他のミュージシャンの名前を出すのもなんだな」と考え、異業種でどなたか、と脳内検索したところ、こんがらがって明らかに人選を誤ってしまった。言った。

「長嶋一茂」

「長嶋一茂」

「あの、えっと、テレビタレントをやらせてもらっていた頃、長嶋一茂さんの何事にも物怖じしないところが間近で見ていてスゲー強烈だったんですよね。で、この人はすごいな〜天才だな〜と……」

もう少し他に誰かいなかったんですかという話である。すみません前衛なもので。（でも一茂さんは天才です）

……浅草のちょっと前には大阪に行ってきた。服部緑地野外音楽堂で行われた『服部フェス二〇二四』に弾き語りで参加したのだ。

到着すると、ステージでは首振りDollsが演奏中だった。続いて眉村ちあきさんが登場した。舞台の裏から覗くと、眉村さんが四月の空に向かって一直線にウアアアアーと声を張り上げている真っ最中だった。その声をファルセットにスッと移行してフウウッとまだまだ雲の向こうにまで響かせていく。パワフルかつ繊細な歌声ですごい。フェスなどで見る度にいつも眉村ちあきは天才だよな〜、と思う。

間違いない。だってステージから楽屋に戻ってきた彼女に「すごかったよ。すごいいい。本当にいいね」と連発したところ、返って来た言葉が「ありがとうございます大槻さん。じゃ、本番やってきます」だったのだ。

僕が「すごい。天才」と思って観ていたのは、彼女の公開サウンドチェックの姿だったのである。

「あ、サウンドチェック？　あ、これから本番」

まぁサウンドチェックだけで天才を感じさせる眉村さんがやっぱりスゲー、という話ではあるが「オーケン、あんたちゃんとステージ観ちゃいないでライブ感想まくし立てただろう」という話でもあるな。

「前衛ですから」と、また弁明をさせていただこう。

そしてこの日も眉村ちあきさんの出演後に僕はシレッと登場して「自分も何かのすごい異能の所持者なのだ」と強く自覚しながら弾き語りをしたのである。

お客さんがとても盛り上げてくれた。急遽ラスト曲を、用意していたダークなものからブルース・フォークの名曲『プカプカ』にその場で変更して、ヤンヤの拍手の中でライブを終えることができた。

ニコニコでギターを置いてイスから立ち上がり振り返ると、ステージ上に夢カワなスカート姿の三つ編みの娘がいた。僕に歩み寄ってくるのが見えた。

共演のアイドルグループの誰かが僕のライブに感動して、思わず舞台まで出てきたのであろうか。もしかしたら「このおじさんすごい！　初めて観るけど天才」と思ってくれたのかもしれない。

「そりゃ悪い気がしないねぇ」と手を差し伸べシェイクハンド「おや、結構この娘は握力があるなぁ最近の子は元気だからなぁ」と思ったところ、なんとその娘さんが全身をこちらにフワーッとかたむけてきたではないか。

「えっマジか。ありなのか。それ、ハグ!?　え、おじさんと？　いいか前衛だから。前衛は関係ないか」と、わずかゼロ・コンマ何秒かの間に考えた。そしてハッと気づいた。

「この娘さんは娘さんじゃない。男だ」

服部フェスはアイドルグループ『くぴぽ』が主催しているフェスである。くぴぽは女子アイドルグループなのだが、まきちゃんこと服部真希さんというメンバーがいる。この方が女装した大人の男性なのである。

多様性の時代だから、とかいうこととは意味合いがちょっと異なるのだろうと思う。もともとまきちゃんはお笑い芸人さんをやってらしたそうだ。

後にアイドルプロデュースをするようになり、そこから流れ流れた果てに自らも女子アイドルの扮装でアイドル活動を始め、服部フェスを主催するようになったのだそうな。人生いろいろである。

その彼氏が、フワッとこちらに体を寄せてきたので、流れ流れの果てでこちらもそれをガチッと受け止めた。するとなんでしょう、前衛でしょうか夢でしょうかこれ。春の日の昼間から人々の見守る中、特攻服を着たおじさんと三つ編みにしたおじさんとがヒッシと抱きしめ合ったものである。

「前衛だもの仕方がない。多分」

熱い抱擁の後に楽屋に戻り、私服に着替えメイクも落とした。ステージではクリトリック・リスの演奏が始まった。クリトリック・リスはスギムさんというスキンヘッドで全裸に近い半裸のおじさんがカラオケなどで歌いまくるという独自のスタイルだ。まぁほぼ前衛である。

この日もグワーッとスギムさんの叫ぶ声が楽屋まで響いてきた。

「スギムさんも異能の人だよなぁ」と感心していると、突如楽屋の扉がババーンと開いた。太陽のような満面笑顔の眉村ちあきさんが現れて「大槻さんも、たこ焼き踊りませんかっ」と言った。

「へ、たこ焼き?」

「たこ焼きダンスを踊りましょう」

なんだか全然わからないんだが眉村ちあきさんがさらに「大槻さんたこ焼き、踊りましょうね」とお日様のような笑顔で誘うのでもうこれは断ることは不可能だと理解した。

こっち！　といいながらスタタタッとステージへ駆けていく眉村ちあきさんの後をヨレヨレッと追いかけていくと、ほぼ全裸のスギムさんが「たこ焼きダンス」みたいな歌を大熱唱している最中であった。

「たこ焼き〜た〜こ焼き〜」と、裸のおじさんが汗水流しながら歌ってるその周りを、眉村ちあきさんやまきちゃんや、ミュージシャンの後藤まりこさんまでもがいて手をグーパー、足を曲げ伸ばししたりして「たこ焼きダンス」らしきものを踊っていた。客席でもたくさんの人々がたこ焼きダンスに興じていた。酒の缶を握っている人も多数いたように見えた。

一瞬オレはどんな状況にいるのか、と焦ったが、宴もたけなわである。もう逃れる術はない。狂騒に不意に投じられた時は一体どうしたらいいのか？

これが意外に、その心得は天才と共演する時と同じなのである。

シレッとその輪に入り、自分も何かの狂気に満ちていると強く自覚することだ。

桜の咲いた春の日の公園の野外音楽堂で昼間から、手をグーパー、足を曲げたり伸ばしたり、たこ焼きダンスを皆で踊った。そして、ハッキリと、その時僕は前衛だった。

第二十五回　医者にオカルトを止められた男

先日、筋肉少女帯のイベントを渋谷で行った。

メンバーが全員集合。でもバンドとしての演奏はせず、各々がソロまたはデュオで曲を聴かせるという形式だった。僕はこういう時に妙なヒネクレ根性が出てしまう。筋少の曲を数曲にとどめ、特撮やオケミスなどほかで参加しているバンドの曲を多めに歌った。

「そこは筋少の曲をやるべきだよなぁ」

若干思ったが、筋少ベースの内田君が登場するや西城秀樹『傷だらけのローラ』を朗々と歌い出したので「俺なんてまだまだだな」と妙な反省をしたものである。

ちなみに『ローラ』をフランス語で歌っていた。俺、まだまだだ。

全員揃ってその場面では五月に発売となる筋少最新曲『医者にオカルトを止められた男』の宇宙最速試聴会を行った。

会場に新曲を流してお客さんと一緒にみんなで聴くのである。もしかしたら中には「買うまで新曲は聴きたくなかった」という方もいたかもしれない。でもそこは「新曲ハラスメント」ということであきらめてください」と言って爆音で流してしまった。作曲はギターの本城、僕が作詞をしている。

作詞。これまで何曲してきたことか。かなりの数だ。大概は曲が先にあってそれに詞を付けていく、曲先というスタイルだ。デモテープで曲をもらって、すぐにピンと来る時もあらば正直まったく来ない時もある。

ピンと来た時はもう一瞬で曲が体の中にるるるるきゅうっと入って来て、目の前に世界が浮かび上がり、早ければ一時間くらいで書けてしまう場合もある。

逆に、デモテープを聴いてまるでピンと来ない時というのは……これは本当に何も浮かんでこなくて何日もウンウンうなることになる。今回の新曲の場合が、まさにそれだった。

これは曲が悪いのではなくて、曲の世界とのアクセスポイントを発見できないこちらの側の責任なのだと思う。

「うーんうーん」と実際に声に出してうなり続けた。三日も四日も。そういう時は一回落ち着いて、こう考えることだ。

「自分が今本当に訴えたいことってなんだろう？　それを感じて、書けばいいのではないのか」

真面目に言ってしまって恥ずかしいんですけども、マジそこなんである。自分のバンド以外の曲に書く時も、そこだけは外すべきではないと思っている。

自分の本当に言いたいことを、自らの内から探し出す。そしてもうひとつ、こう考えることだ。

「自分が書いて面白くならなかったことはない」

いや実は「ん～、まとまらなかったなぁ」ってことも、ぶっちゃけたまにはあるんですね。それでも何かにトライしようとする時は、そう思った方がいいと思うのだ。少しでも前進するきっかけになるからだ。

これは作詞に限らずどんなことに対しても、そして誰にでも当てはまることかと感じる。このふたつを心がけて、あとは曲世界と自分の内面とをつなぐリンク・ポイントをひたすら探すのだ。そのために本を読む。街を歩く。スマホをいじる。人に会う。何でもする。自分を信じる。酒を飲む。映画を観る。酒を飲んで映画を観る。新作も古い映画も観る。一九八三年の『デッドゾーン』まで観た。そしてクリストファー・ウォーケンが、他人の手を握るとその人の将来が見えてしまうという、奇妙な超能力者の男を演じ、彼のたどる悲劇を描いたこの映画を観ていた時、ふとこんなことを思った。

「この人、自伝本を出してサイン会やることになったら大変だろうなぁ。だって握手する度に相手の未来が見えちゃってさ……って、あ、あぁっ、それだ!!」

とテレビの前で声を上げてしまった。それと同時に、るるるるきゅうっと僕の中にひとつの妄想の光景が入って来た。それは、こんな光景だ……。

——まだ十代の少女アイドルが、初めてのイベントを前に胸高鳴らせている……。

彼女の所属するアイドルグループが、週末の午後にチェキ付き握手会を開催することになったのだ。グループは地下アイドルなので、握手の時間もそれなりには取ることになっている。

「でも大丈夫、〝力〟をセーブしていればきっと〝見えない〟わ」

と彼女は思う。彼女には握手会に向けてひとつの心配事があった。

彼女は他人の心が〝見える〟のだ。

体を触れ合ってわずかもすれば相手の隠している真の素性のようなものがクッキリと脳裏に映像として浮かんで見えた。いわゆる超能力の所持者なのであった。

それが原因で半年前に彼女は恋を失った。渋谷での映画デートの帰りに街角の陰で男子にきゅっと抱きしめられて数十秒の後、ハッキリと、彼女のよく知る同級生の少女が、まるっきりの裸で、やはりまる裸の今目の前にいる男子と、絡み合い求め合っているクリアな映像をまじまじと脳裏に観てしまったからだ。

「ね、どうしたの。驚いた顔して」と尋ねた少年に少女は「……他の子を抱いてあたしも抱いて、いい気なもんだね。あの子……あたしとも寝てるから」と、自分でも思いもよらぬことを口にして、さよならと付け加えてその場から走り去った。

「なんだ？　それは。あたしとも寝てる？　あたし百合か？」

と自分でも思いもよらぬ捨て台詞に半ば呆れて「ぷっ」と吹いた後「こんなんじゃ握手会はどうなっちゃうんだろう」また心配になった。

そして浮気者の少年のことよりも「あの同級生の女の子のまる裸、すごい綺麗だったなぁ」と渋谷の街をタタタっと走りながら彼女は思った。

……握手会当日、少女の予想していたよりはるかに少女の能力は強かった。

彼女なりにセーブしていたつもりが、全然ダメ。手を握るやいなや相手の心や、思っていることが、スッと掌から入ってきて脳を通じて視覚が捉え、映像となってガンガンに見えてしまい、少女はその刺激に何度もしびれちゃって白目を剥いた。

「町子ちゃんは変顔が上手い。やっぱ神！」と、少女のしびれ白目顔はオタクたちに好評であった。

「そんな感心されても一ミリもうれしくないワ」

と、町子という名のアイドルは思った。

ただ〝意外にも〟と思ってはしまったが、オズオズと町子の手を握るオタクたちの心はおおむね誠実なものであった。

素直に喜びと感謝と「町子ちゃんマジかわいい超神っス」という称賛の想いに、あふれるほどに満ちていた。

それで「人間ってそんなに悪いもんでもないいな」と少女が楽しい気分になって、こんな時にいかんいかんと思いながら、同級生女子の真っ白でヒクヒクと痙攣しているまる裸をボンヤリと思い出していた時、無差別殺人者が彼女の手を握った。

……握った瞬間に、今まで彼に殺されてきた人たちの泣き叫ぶ声や血まみれの姿など無惨極まりないビジョンがパーッと彼女の前でイタリアの名画か何かのように広がって見えた。

手を握った男はまだ少年といってもいい若さだった。そして、ちょっと、いやかなりのイケメンだった。ニコッと町子に笑いかけた。

町子は、津波のように注ぎ込まれる少年からの地獄絵図を多少でもせき止めるために、強く、強く、まる裸の女子同級生の真っ白でぴくんぴくんと痙攣している姿を思い浮かべたが、彼女の太ももの内側にぽちっと二重星のようにあるふたつのほくろを〝見て〟さえも、無惨絵の濁流を止めることは困難だった。

握手会に並んだ美しい少年から見せられる殺人のビジョンは色濃く、血みどろで、かつイメージのエッジが鋭い。町子の女子同級生の首をスパッとはねて、まる裸の首から下と切断してみせた。生首はコロコロコロッと転がって町子の意識の視界の隅で止まった。

「町子ちゃ〜ん、あたし首だけになっちゃった〜、まる裸の体こっそりクローゼットに隠してもいいよ、すぐに腐るけどね〜」と幻視の生首が言った。

町子は「この男は、あたしがなんとかしなきゃいけない」と握手をしながら思った。

「あたしがなんとかしなくちゃ。こいつは、また殺る。必ず次から次へ人を殺るやつだ。あたしがそれを止めなけりゃ。それに、こいつはあたしの能力を知っている。だから今日ここに来たんだ」そう思って、握った手に力を込めて、少年だけに聞こえる小さな声で言った。

「あんた、わたしの力をわかってるんだね。わたしの他にあんたがやべーやつだってこと知ってる人はいるの？」

「町子ちゃんの他にはひとりだけね。リンゴチジョってやつが」

「リンゴ……何それアイドルグループの名前かなんか？　まぁいい、それよりあんた、また殺るよね。必ず人を殺すよね」

「どうだろう……次は君をかもしれないよ」

「そのつもりだろうね。口封じだよね。でも、町子は殺られない。それどころか逆に、あたしがやりたいことをあんたにやってやる。あたしは自分が本当にやりたいと思ったことをやる。そしてあたしがやりたいことをやっておもしろくならなかったことなんて一度もないの」

「おもしろいこと？　何をやる気なの。どうするの、皆が見てるここで」

「こうするのよっ！」

少年の手を握ったままグイッとその腕を引っ張って町子が彼の首筋にガブッと噛みついたもの

だから、イベント会場は大混乱となった。もちろんイベントは即中止。町子はグループを強制卒業させられることになった。

騒動の最中に、少年はコツ然とその場から消え失せた。

翌日、町子の同級生女子の生首が、老人ホームの隣の空き地に置かれてあった。真っ白なまる裸の死体は、数日後に歌舞伎町のメイドカフェ『雲雀の舌のゼリー寄せ』の裏から発見された。死体の太ももの内側に、二重星のようなふたつのほくろがあった。

町子は泣き、怒り、でもすぐ決断した。

「あたしのせいであの子は殺された。あたしがあの時あいつの首を噛みちぎっていればあの子は救えたし、これからあいつに殺される人たちだって救えたんだ。だから、あたしはソロ地下アイドルとして、これからもたったひとりでも握手会を続ける。この手で、邪悪、っつったら中二っぽいけど、そう、邪悪な人間をひとりでも多くこの町子の掌を使って見つけだして凶行を未然に止めてみせるために。だってそれが町子の、たったひとつのこの世界とのリンク・ポイントだから。サイキックアイドル握手会を全国津々浦々で、町子はこれから始めるんだ」

この中二的発想（とはいえ町子は数年前まで実際に十四歳であった）に「ならば同行しよう」と申し出る者がひとりあった。

彼の歳はアラ還。町子からしてみれば〝パパ〟を超えて〝おじーちゃん〟と呼んでもいい初老の男だった。

　痩せて背が高く猫背である。もともとは筋肉なんちゃらとかいうバンドをやっていたらしいが、趣味のオカルト好きが興じて、超能力少女アイドルのマネージャーを買って出たのだ。

　彼は一時期、生活に異常をきたすほどオカルトにのめり込み、ついには心療内科医にオカルトをドクターストップされた過去を持つのだが、ついに本物のサイキックに出会ったことで『医者にオカルトを止められた男』は、やはりオカルトに呑み込まれてしまったということだ。

「でも、自分が本当にやりたいことをやって来た結果ですからね、いいんです。そして自分が書いて面白くならなかったことはないので」という妙な思い込みの持ち主でもあり、町子とのサイキックアイドル握手会全国津々浦々ツアーのことを、読みものとしてこと細かく記録しておくつもりでいるようなので、これからおいおい、ブログとかｎｏｔｅとかもしかしたらぴあのＷＥＢ連載とかで皆さんも読むことができるようになるかもわからない。

　……それは町子と医者にオカルトを止められた男とのふたり旅のストーリーになるのだろう。変な相棒同士の道行き。だから、そう、これは意外にバディーものなのだ。ふたりの闘いの物語は、これからだ！


　そんな内容の歌詞を書いたので、よかったら筋少の新曲を検索してみてくださいね。

第二十六回

階段の途中、少女たちは手を握り合う

先日、老人施設に入居している母の見舞いをした。その後、タクシーで新宿に向かった。母は元気で「賢二、ロックは疲れるからやめな、他のことをしな」などと笑った。「他のこと」は「本を書け」や「テレビに出ろ」など毎回変わる。今回は「えーっと、なんだっけ、アレだよアレ、アレやりな」とのことであった。なんだろう？

タクシーでは中年の運転手が「お客さん、アレ知ってます？」と話しかけてきた。なんだろう？

「お客さん、アレ、アレ、アレですよ、天安門事件」

意表を突いてくる。

「アレ、天安門事件。市民が戦車隊の前に立ちはだかる有名な写真あるでしょ？　アレ、実は中国政府側のプロパガンダのためのフェイク画像です」

新宿まで約十五分ほどの距離である。ちょっとそいつはネタが大き過ぎやしないかと戸惑っていると、彼は天安門フェイク説をとても簡潔に解説してから「それとね、アレ」と話を変えた。

「プーチンが大統領になれた理由、知ってます？」

また大きく出る。

しかしこれもエリツィンとの関係性をコンパクトにまとめて、次の話題へと移ってみせた。

「で、アレ、帝銀事件ね、昭和の毒薬殺人事件ね、真犯人は平沢貞通じゃないよね」ないよね、と言われても。

もう新宿のドンキが見えてきたというのに、真犯人は元七三一部隊員説を論じ始め、さすがにドンキ前に着いてもうないだろうと思ったら「アレ、あの国の拉致、実はまだ続いているよ。五十代日本人が各地でさらわれて戸籍を盗まれて、なりすましのスパイが町中にいるんです。気をつけてね」とのことで、五十代日本人として御忠告ありがとうございますのタクシー十五分間四大衝撃の真相なのであった。あ、レシートはくださない。

……新宿では筋肉少女帯の新曲『医者にオカルトを止められた男』発売のイベントがあった。メインは筋少メンバーが揃っての、またしてもカラオケ大会。

母の教えに従ったわけではないけれど「ロックは疲れるからやめな、カラオケにしな」ということであろうか。

本城が郷ひろみ、内田がヒデキ、橘高がLAZYを熱唱した。昭和だ。僕は『医者にオカルトを止められた男』を歌った。

この日は『医者にオカルトを止められた男』のリリック・ビデオも公開され、当連載の前回で紹介した歌詞内容を基にしたイラスト映像が流された。

サイキックアイドルはアニメ調のキャラ・デザインで、彼女とこれから旅をすることになるマネージャー役の男は、僕をモデルにして描かれていた。

「私、ちょっとかわいく描かれすぎてない？」

と、町子ならそのVを観て感想をいうかもしれない。

「町子はもうちょっとアレ、調子に乗ってる小悪魔系なんだけどな。あんな清楚じゃないよ」

「広く大衆に受け入れられるためには、毒気は微量にした方がいいんだよ」

「ふーん、お酒で言うとレッドアイくらい？」

「飲むのか？　レッドアイ、未成年だろ？」

「去年やめた。今はチョコ依存症。町子は正直ゴディバとかマルコリーニとかよりチョコボールが好き。ピーナッツのやつ。やべぇ人の手を握った時は毒消しに一粒チョコを口に放り込むんだ。そうすればちょっと気分がマシになる」

「疲れたか？　町子、握手会、各地を回ったな」

「平気。逆に疲れてない？　おじーちゃんは？」

「おじーちゃんじゃない！　マネージャーと呼べ。大丈夫だ……首腰膝は痛いが……」

「まだバンドの方もやってるんでしょ？　ロックは疲れるからやめな。ホラ、階段、がんばって上って、ホームまでまだ歩くよ。なんだったら町子が手を貸すよ」

町子がそう言ってマネージャーの五十がらみの男の手を軽く握った。

「大丈夫」と言って振り払おうとした男の手を少女は離さず。逆にギュッと強く握りしめた。そしてニタッといたずらそうに笑った。本人としては小悪魔的に微笑んだのかもしれない。ローカル線のホームに上る階段の途中で男が「うっ」と呻いた。

「おい町子、今オレの心の中を〝読んでる〟な」

「そういえばおじーちゃん……マネージャーの心を読んだことなかったなとふと思ってね。〝見て〟みるね」

「おい、よせよ、プライベートだ」

「平気平気、踏み込まないよ……ふ～ん、落ち武者のナマさんっていい人なんだね」

「十分踏み込んでんじゃねぇかよっ」

「パパ活してる？　若いコと鳥貴族行った？　六本木の」

「いや、あれは、そういうわけじゃ、その」

「町子もトリキ好きだよ。ふ～ん、あ……ピアノがうまかった女のコは恨んでなんかないと町子は思うな」

「おいっ」

「あっ……ちょっと待って」

キャリーケースを引きずったブロンド（ややくすんでいる）前髪パッツン少女が、ローカル駅の階段の途中で痩せた背の高い中高年男の手を握って、ハッと何かに驚いた表情を見せた。

階段を昇り降りする人たちが数名いぶかしげに彼女を見る。少女はそれには気付く様子もなく、やや白目を剥いて、初老オタクファンたちが「町子ちゃんのGMK白目ゴジラ」と呼ぶ変顔になってヒクヒクと小刻みに全身を震わせた。

「おい町子、大丈夫か？　オレの中に一体何か見たのか？　何を見た？」

町子がパッと男の手を離した。列車がもうすぐ駅に着くとホームにアナウンスが入った。町子は意表を突くことを言った。

「ロッテリア」

「え、ロッテリア？」

「ロッテリアとラーメン屋」

「ん、なんだ」

「ロッテリアとラーメン屋さんが一緒になっているところ、おじさんの心の中に見える」

「ロッテリアとラーメン屋が……、あ、……茂原」

「そこでおじさんはラーメンを食べたね」

「ああ、千葉の茂原駅のフードコートか。そう、あそこロッテリアとラーメン屋が一緒になってるんだよ。え、それが何か」

「そこで以前、若い男のコとラーメンを一緒に食べたよね」

「いや、奢ってあげたんだ。そこはハッキリ言っておきたいね。アレは奢りだ」

「その男だよ」

「どの男？」

「一緒にラーメンを食べた若い、きれいな顔をした若い男のコ」

「ああ、あいつか。二代目を断ったやつだ」

「あいつだよ。今、町子はそいつの顔を見た」

「へ？　何？　どういうこと」

「おじさん相変わらず勘が鈍いね。そいつだよ。連続首切断殺人鬼の正体は、おじさんが茂原でラーメンを一緒に食べた、そいつだよ。握手会にきたあいつと、間違いない。町子が握手会で会って噛みついてやったやつと、同じ顔だ」

「え……なんてこった……、……え、え〜!?　そうだったのか。あいつなのか」

その時、列車がホームに入った。

ドアが開き、そこからひとりの、町子と同じ歳くらいの黒髪の少女が列車から出てきた。

彼女はアイドルの衣装のまま移動してきた町子を見て、「あっ」と叫んで駆け寄ってきた。

タタタと階段を下り、勢いのあまり町子より数段下に降りて、自分より背の低い町子を、少し見上げる体勢となって町子に言った。

「ね、七曲町子さんでしょ？　あなたの握手会ツアーの行程を追って、今日必ずこの駅に来ると思ったんだ。よかった。本当に会えた。私は、あの、私は、あっ……名乗らなくても、こうすればわかるんだよね」

少女は町子に手を差し出した。町子がその手を握り返した。階段の途中、少女たちは手を握り合う。そして一瞬またＧＭＫゴジラ状の白目顔になった後、町子はつぶやいた。

「わかるよ。あなたがリンゴチジョちゃんだね」

第二十七回　最終回

今のことしか書かないで〈前編〉

「そう、私はリンゴチジョ。ね、町子さん、私のことはリンゴって呼び捨てにして。アンタと歳も同じだし、去年まで私も金髪にしてたんだ」

「うん、わかったリンゴ。じゃ、私も町子って呼び捨てにしてよね。黒髪にはちょっと憧れてる」

「ねぇ……町子、ねぇっ、ねぇっ」

「うん、リンゴ、うんっ、うんっ」

ふたりは互いの名前を呼び合うと、握っていた手を引き合った。リンゴが階段を二段駆け上がって、そうしてゆっくりと互いの体を抱きしめ合った。

同じ高さの階段に並んで抱き合うと、リンゴのほうが町子より頭ひとつ背が高かった。しかし、いずれも美しい少女たちだった。

美しい少女たちは抱き合いながら見つめ合い、意外にも気の強そうな町子の方から、とろん、と目を半分閉じて口元の力をゆるりと抜いてみせた。いきなりのキス待ち顔に一ミリも動揺することなく、リンゴは町子の金髪の頭をやわくホールドすると、そーっと唇を合わせた。

そのまま、ぎゅっ、ぎゅっとふたりの唇と唇とが密に接していって、くっついて、もう、ずっと前からそうであったかのように、ふたりの少女は唇を中心にひとつとなった。

ふたりは出会った途端に恋に落ちたと互いに気付いたのだ。

手を握るだけで相手の心が読めてしまう町子と、人の潜在意識の奥底にまでアクセスすることのできるリンゴである。出会ったわずかの一刹那で、お互いのことがすべて理解できたのだ。互いにその心の淵がコンガリと燃えていて、それが世界で言うところの「これは恋に相違ない」と一瞬で信じ合うことができたのだ。

それになんといっても彼女たちは若かった。恋という現象が出会い頭に不意に爆発して生まれることを意識する以前に、ふたりは無意識で知り得ていた。

だから背後で「ななななんだ。チュー!?　今かよ。いきなりだなオイッ」ギョギョッとしている白髪の男がいようとも、まるでかまわずキスを交わしたのであった。

ふたりのキスは時間にすれば数秒に過ぎなかったが、背後の白髪の男に「ああ、ああ妄想はここまでにしよう」と、思い至らせるに十分な尺であったといえた。

『ああ、妄想は、もうここまでにしよう。今までこの連載を書きながら、もうすぐ六十歳という年齢と、母の容体やさまざまな要因から、不安、特にもう遠いとは言えなくなってきた老いと死への不安を感じ、それを少女への転生であるとか、町子のＳＦ的冒険譚などの物語に置き換えることによって、現実から逃避を試みてきた。けれど、やはりもう無理だ。限界である。妄想は、妄想だ。美しい。けれど自分に都合のいい、絵空事に過ぎない。決して、その中に入って生きることなどできるわけがない。今、目前で口づけを交わしている少女たちの世界に、どうして自分のような初老の男が入っていけよう。無理だ。そう、もう僕は現実を受け入れよう。あと二年で還暦のおっさんだ。心も体もボロボロだ。そのボロボロの体と心でバンドをやり、物を書き、母を見舞い、それでもなんとか生きている。美少女に転生なんかしやしない。だけどなんとか生きているじゃないか。これからも、しばらくは。そして死ぬまで。それだけでもういいじゃないか。現実を受け入れるんだ。みんなそうやって生きているんだ……これを読んでいるアナタだってそうでしょう？　そうやってなんとか現実と折り合っているのでしょう？　だから、みなさん、さようなら。今回にて当連載は終わりです。妄想の残骸は単行本にまとまって今秋に発売されるでしょう。きっとサイン会を開きますが、僕はアナタの手を握っても心を読めないのでどんなに過去のある人も、やましいことのある君も、どうぞ安心してお越しください。それではみなさん、ごきげんよう。さようなら』

初老の男は抱きしめ合う少女たちに悟られないよう、ゆっくりと階段を上った。

やがてタタタッと駆け上がり、今まさに扉が閉められようとしている列車に飛び乗った。

すぐに扉は閉まった。

振り返るが、町子とリンゴの姿は車窓からはもう見えなかった。

ゴットンゴットンと列車が動き出した。

スピードを上げ、やがてタンタン、タンタンと、レールの音はリズムに乗っていった。

男は小一時間ほどその列車に揺られた後、適当な町で乗り換えた。母の入居している施設のある町に向かう列車に乗った。

また一時間ほど揺られて、その町に着いた。

施設に着いて事務の人に声をかけると「あら、大槻さん、さっきお母さんのところに面会の人が来ましたよ」と言った。

「え、面会？　誰がですか」

「さぁ。でも若い、イケメンの子よ。息子さん？」

「いいえ、違います。あぁ、そいつは、そいつはきっと……二代目だ」

そうつぶやいて二階の母の部屋に入ると、茂原のロッテリアでラーメンを奢った若い男が、母のベッドの横に立っていた。

寝ている母の首に刃物を当てがい、切断しようとしているところだった。

白髪の男を見て、一瞬その手が止まる。ニヤッと笑って〝二代目〟は言った。

「お久しぶりですね。ホラ見てください。自分なりの表現の方法、見つけたんですよ」

「人間の首を切って殺すことがお前の表現か」

「ええ、そうです。いいでしょう？　バンドなんかいらないよ。刃物が一本あればいい。楽しいですよ。アートだ。前衛的だよね」

「やめておけ」

「町子もリンゴもアンタの首も、いずれ切り取ってあげるからね。今日はまずこのおばあちゃんからだ。よく眠っている。きっとアンタのことを夢に見ているんだね。長い長い夢をね」

「よせ」

「よしゃしないんだよ」

飛びかかるには距離があった。若い男は本気のようだった。

「やめろ」

「やだよ」

男の刃物が初夏の日の光を受け、キラキラと輝き始めた。

第二十八回　最終回

今のことしか書かないで〈後編〉

「人の首を切るのが表現か」

「アンタだって変わらない。ロックとか物書きとか、やり方が少し違っただけのことだ」

「そうかもしれない。お前の歳の頃は、俺もそんなことをよく考えていた。危なかった。でも俺は音楽や物を書く方を選んだ。それは大きな違いだ。俺はそれによって救われた。そのことをお前には教えたかった」

「でも疲れてるじゃないか。その選択によって今じゃアンタ、スッカリ疲れ切ってヨレヨレじゃないか。妄想に逃げなきゃならないほど辛いじゃないか」

「それを受け入れる」

「老いていくことを？」

「そう」

「死ぬことも」

「そうだ、仕方ないだろう」

「もっと自由になったらいい」

「自由に？　どうやって？」

「妄想でなく狂気に逃げて」

「今から？」

「いつからでも人は狂える」

「そうだろうな。でも今さら？」

「ボクの歳の頃、アンタはそれを望んでいた。アンタの小説をたくさん読んだよ。『ステーシー』とかさ。アレ切断フェチの話だよね。この連載、やたらと首が飛ぶよね。アンタ人を殺して切断したいってずっとずっと思って、今まで生きてきたよね。やったらいいんじゃない今から。ねぇ、何度だって〝い〜つからでもやり直せる〜〟って、頭脳警察のＰＡＮＴＡさんも歌っていたよ。妄想に逃げなくたっていいよ、現実に生きたっていいんだよ。現実の中で、アンタが封印していた狂気をパッと解き放てばいいだけなんだよ。そしたら楽しいよう。ラクだよう。前衛的だよう。ホラ、刃物、貸すよ、ラーメンのお返しだ。ホラ、握って、ホラ」

若い男の手渡そうとする刃物を握ろうとした時、パン！　と乾いた音がして、若い男は声もなく前のめりに倒れた。母がベッドで半身を起こしていた。手に三八式歩兵銃を構えて、その銃口から煙が立ち昇っていた。母が言った。

「陸軍中野学校少女班卒、母をなめるな。私はね、百まで生きるんだよ、ん？　あ、慎一、じゃなかった賢二、ロックは疲れるから演歌にしな」

母はそう言って、また寝た。病室の冷蔵庫の扉がバーンと開いた。中から無数の生首が次々にゴロゴロと床に転がり出てきた。落ち武者の生首もあった。お姉さん風の女性のものや、まだ少女の生首もあった。

生首たちは倒れた若い男の体のあちこちにガッと歯を立て、その体を引きずって、とても人ひとりの体が入るとは思えない小さな冷蔵庫の中に、それでもボキリボキリと若い男の骨を折って、ついに全身を引きずり込んだ。

落ち武者の生首が冷蔵庫の内扉に前歯を引っかけて、なつかしい、ナマさんのいたずらっぽいニヤッとした笑顔を一瞬見せてから、パタッと閉めた。


そこですべての僕の妄想が終わったので、後のことは何も知らない。

町子がそれからどうなったのか、まるでわからない。

でもきっと、リンゴチジョと共に楽しく、それこそ推しのバンドをおっかけるバンギャのように毎日大はしゃぎして楽しく暮らしたのではないかとも思う。

とにかくそれくらい、ふたりは恋をしていたんだから。

宿敵である茂原の若い男が母の三八式歩兵銃の銃弾に殺されて、気も楽になっただろう。旅には出たのではないかと思う。

……ふたりでお揃いのキャリーケースをガラガラ引きずって、どこか遠くの町のライブハウスでライブを観て大はしゃぎして、泊まりはネカフェかビジネスホテルのシングルにバンギャふたりでこっそり忍び込むのだ。

　複数買いしたツアーのグッズのTシャツをパジャマにして狭いベッドにドタン！　バタン!!と女子ふたりで転がり込む直前に、推しのバンドのライブ後半叩き込みタイム定番曲のサビのフレーズを全力で折りたたみしながら歌って「きゃはははっ」と大笑いするのだ。

「おーんざまゆげじょーとー!!」

　きゃはははは
「ね、こないださ、はなまるうどんで寝落ちした、そんで起きたら横で白髪のおっさんがじっとこっち見てたんだ」

「ん。癖（へき）だね。おっさん、え、白髪のおっさん？」

「うん、ね、いつまでこういうふうにしてられるかな私たちって。たまに思わない？　考えちゃう」

「ん、哲学だね。ソクラテス、プラトン、ニーチェ、サルトル」

「それは何？　バンド？　ライブハウスとか出てる？」

「ん、いい、寝る。夢を見る。おやすみ」

「いい夢見なね。おやすみ」

……しかし夢見る宣言をした黒髪の娘はライブ疲れでぐっすりと眠り込み、夢を見たのは髪を金髪に染めた娘のほうであった。

……彼女が夢の中で長いおっかけの旅からバスで家に帰ると、家にはおばあちゃんがいた。

「あ、おばあちゃん退院したんだね。よかったね。おかえり、ただいま」

バンギャの孫娘がそう言うと、おばあちゃんは居間にちょこんと座って、うわっぱりを撫でていた。撫でながら孫娘に言った。

「町子、ロックは疲れるからやめな。演歌にしな。演歌なら一曲売れれば十年喰えるよ」

町子はニコッと笑っただけで答えなかった。

「うん、じゃあおばあちゃん、行ってくるね」

「おやもう行くのかい。帰って来たばかりなのに」

「うん。町子にはやることがあるから」

若い町子は元気だった。旅から帰ったその足で、今度は豊洲へ向かった。豊洲ＰＩＴという会場でその夜は筋肉少女帯のライブがあるのだ。

南無阿弥陀仏と背中に刺繍を入れたロングの特攻服を着て、顔にヒビ割れのメイクを入れて、一曲目は『サンフランシスコ』だと確認して、七曲町子はステージ横のたまりへと向かう。

二代目ボーカリストがまだ年若い娘となれば、古参のお客様たちからブーイングも当初はすさまじかったが、町子は実力で悪評をねじ伏せた。少女の輝き、パワー、表現力は有無を言わせぬ迫力に満ちていたからだ。

一年も経たずして少女はバンドの顔となった。二カ所だけ今でも初代とは〝違う〟と言われるところがあった。

「初代より歌がうまい」

「初代と違って歌詞を暗記している」

そこが大きな違いだと。でもそれは仕方がないことだよねと人々は初代を思い出してほがらかに笑った。

初代はある時、フッと人前から姿を消してしまった。

もともと考え込むところや気の弱いところがあり、妙な妄想癖も歳と共に増していたから、きっと厭世感もあって失踪して、今はどっかを放浪して回っているのだろうという人々の噂であった。

一度、千葉の茂原のロッテリアで見たという目撃談もあった。でも初代らしきその男がロッテリアでラーメンを食べていたというから、この話はあまり当てにはならないな、ロッテリアでラーメン出すわけないもんな、と聞いた人の多くは思った。

初代が消えてからしばらくの後、アマチュアからプロミュージシャンまで参加した二代目ボーカリストオーディションで見事優勝したのが町子であった。

町子は筋肉少女帯の中でも歌いこなすことが至難の業といわれる（初代はハッキリこの曲を歌えてなかった）楽曲『スラッシュ禅問答』を完璧に歌いこなした。決勝ではこれまた初代が「難しいからこれ歌うのやだ」とサジを投げた『世界中のラブソングが君を』を見事に歌い切って会場の全員を涙させた。文句の言えない圧勝であった。

そして今、町子はステージのそでの闇でライブの開始を待っていた。

客電が落ち、オープニングSEが会場に鳴り響いた。

エマーソン・レイク&パーマーの『聖地エルサレム』だ。

メンバーたちがステージへと向かう。

町子も走っていく。

ライトに照らされた光の中へ走っていく。

南無阿弥陀仏の特攻服。

町子が客席を見る。自信に満ちた表情でオーディエンスに微笑みかける。

その顔面にヒビ割れが描かれている。

町子は足元のモニターをチラリと見下ろす。初代はそこに歌詞読み用のプロンプターを置いてガン見していたが、今夜はネット配信用のモニターが配置され、ステージの様子が映っていた。

「オレは町子をまだ認めない」というアンチ町子視聴者のコメントが左から右へ流れていくのを町子は目で追って、さらにニカッと笑った。マイクを通して言った。

「いいよ、いますぐにその評価変えてやるよ。よく見てなよ。今、ここで変えてみせるから。昔のことなんて町子は知らない。今のことしか町子にはないんだから。だろ。アンタもそうだろ？　過去は過ぎ去りもうない。未来来たらずまだない。あるのは今、今だけさ。だから今のあたしだけで評価して」

七曲町子はキッパリとこう言ってのけた。

「今のことしか書かないで！」

少女がピッと天高く人差し指を向けてそれをサッと右ななめ前に振ると、それに合わせてタットロロジャーン！　とバンドが一斉にかき回した。

初代の時代には考えられないボーカリストの指揮力、バンドコントロール能力であった。かき回しの中で少女は、ウギャァァァと力の限り絶叫した。

ウオオオッとオーディエンスが心の底からそれに反応して歓声で返すと、ドラマーが強烈にスネアを連打した。

そして筋肉少女帯豊洲ＰＩＴでのオープニングナンバー『サンフランシスコ』が始まると同時に、七曲町子は天井に届くのではないかというほどのジャンプを決めた。これも初代だったら三十センチも飛べなかったろう……とにかく、ライブが始まったばかりであるにもかかわらず、町子は人々の心を一瞬で掴んでみせたのだ。

「オレも町子を認めないわけにはいかんかも」と、さっきのコメ主の新たな投稿がモニターに流れた。

でも町子は、もうそんなものは見ちゃいない。歌い、あおり、暴れ、笑いまくった。他人の評価など見ている暇などなかった。だから、ライブの終盤に奇妙な投稿がひとつあったことにも、彼女はまったく気がつかなかった。

その投稿はラスト曲『釈迦』のエンディングのかき回しという一番盛り上がるシーンに流れたため、視聴者もほとんど気がつかなかった。左から右に、その投稿は流れた。

「町子、僕の妄想を飛び越えて、どうか現実の存在として、キラキラと輝いてくれ。妄想が、夢が、物語が、時に人を幸せにしうると、人を闇から救うと、どうぞ君が、そのことを僕に信じさせてください」

その夜のライブ配信はアーカイブがなかった。奇妙な投稿はわずか数秒画面上に現れ、流れて消え、もう、誰の記憶にも残っていない。

今のことしか書かないで　完

本書はエンタメサイト『ぴあ』で連載していた「今のことしか書かないで」（二〇二三年五月～二〇二四年六月）掲載分に書き下ろしを加えて構成したものです。

今のことしか書かないで

二〇二四年十月五日　初版発行

著者　大槻ケンヂ
発行人　木本敬巳
編集　中尾桂子
発行・発売　ぴあ株式会社
〒一五〇-〇〇一一
東京都渋谷区東一-二-二〇
渋谷ファーストタワー
TEL:〇三-五七七四-五二六五(編集)
TEL:〇三-五七七四-五二四八(販売)

イラスト　せきやよい
装丁・デザイン　中尾よしのり
印刷所　中央精版印刷株式会社

ISBN 978-4-8356-4697-8